Siegfried Lindhorst

Dreißig Jahre Gegenwart

Dreißig Jahre Gegenwart

Für Susanne und Thomas Töllner begann 1987 ein nie endender Albtraum. Die neunjährige Tochter Sandra kam von der Schule nicht mehr nach Hause. Sie kam nie wieder nach Hause. Ihre Leiche wurde am Tag darauf einige Kilometer entfernt gefunden. Sandra war ermordet worden. Für die verwaisten Eltern ist in den vielen Jahren danach die Zeit stehen geblieben. Die Zeit heilte nichts. Die Erinnerung an den schlimmsten Tag in ihrem Leben verblasste nie, war immer gegenwärtig.

Herstellung und Verlag:
BoD-Books on Demand, Norderstedt
© Siegfried Lindhorst
ISBN: 978-3-7519-5593-5

Über den Autor:
Siegfried Lindhorst, Jahrgang 1953, bearbeitete als Kriminalbeamter in einer Mordkommission im Westen des Landes SH mehr als drei Jahrzehnte Tötungsdelikte. Der Kontakt zu den Angehörigen der Opfer war ihm immer sehr wichtig, denn er war unter anderem für ihn und seinem Team Ansporn und Verpflichtung, zunächst ungeklärte Mordfälle niemals aus den Augen zu verlieren.

Die Handlung und die Personen in diesem Buch sind frei erfunden. Ebenso die fiktiven Orte Klosterhausen, Bansdorf und Flethstedt.

3. August 1987

Der Hof war anders als die zwölf weiteren in Bansdorf. Hier im Grenzbereich zwischen Marsch und Geest im Westen des Landes dominierte die Milchwirtschaft bei den Landwirten, ein Mann wie Thomas Töllner erschien hier eher die Ausnahme.

Töllner war Jahre zuvor dazu übergegangen, seinen Hof als sogenannter Bio-Bauer zu bewirtschaften. Er galt als Sonderling in dem knapp sechshundert Einwohner zählendem Dorf. In den siebziger Jahren war ihm immer klarer geworden, dass es wie bisher in der herkömmlichen Landwirtschaft nicht weitergehen konnte. Töllners Frau Susanne sah es genauso. Als sie als einzige Tochter den Hof ihrer Eltern am anderen Ende Bansdorfs erbte, weil beide Eltern bei einem tragischen Verkehrsunfall auf der A7 ums Leben gekommen waren, da stand fest, dass die Töllners ihre Ideen von alternativer Landwirtschaft tatsächlich umsetzen konnten. Susannes Hof war fast vollständig bis auf drei Hektar im Bansdorfer Moor verkauft worden. Das Ehepaar baute den Töllner-Hof aus. Mit den finanziellen Möglichkeiten aus der Erbschaft gelang es problemlos, dem Hof ein zweites wirtschaftliches Standbein zu verschaffen. Fünf geräumige Blockhäuser im hinteren Teil des Hofgrundstücks sorgten dafür, dass in der Großstadt gestresste Menschen hier mit ihren Familien Ferien auf dem Bauernhof verlebten.

In diesem Sommer 1987 war das Wetter bisher zwar nicht optimal gewesen. Dennoch, die Ferienhäuser waren bis zum Tag zuvor vollständig ausgebucht. Jetzt standen sie leer, um erst in einer Woche Gästen aus Bayern und Baden-Württemberg als Herberge zu dienen. Es waren Stammgäste, die seit Jahren den Töllner-Hof als Ferien-domizil besuchten.

„Ach, wie langweilig", hatte die neunjährige Sandra Töllner morgens beim gemeinsamen Frühstück erklärt. „Es war so schön mit den ‚Hamburgern'. Schade, dass sie gestern weg mussten. Bei den ‚Hamburgern' handelte es sich um die Familie Seeger aus Barmbek, die schon seit fünf Jahren regelmäßig ihre Ferien auf dem Töllner-Hof verbrachte. Sandra war von Anfang an mit der gleichaltrigen Anja

Seeger eng befreundet. Die einzige Tochter der Eheleute Seeger war genauso pferdebegeistert wie Sandra, und so war es kein Wunder, dass die beiden Mädchen fast die gesamten Ferien mit Lilly, dem schwarz-weißen Pony, verbrachten.

„Die ‚Hamburger‘ kommen doch schon in den nächsten Ferien wieder", waren die tröstenden Worte von Susanne gewesen, wobei sie ihrer Tochter liebevoll mit der Hand über das lange, blonde Haar streichelte. „Das ist aber noch so lange hin", jammerte Sandra. Ihre blauen Augen wirkten irgendwie verzweifelt.

„So, Sandra, genug gejammert. Und nun ab zur Schule." Thomas Töllner, der dreißig Jahre alte Biobauer mit dem kantigen Gesicht und kurzen blonden Haaren hatte bereits seinen dunkelgrünen Arbeitsoverall an. Er beendete das harmonische Frühstück mit einem Machtwort, denn es wurde Zeit für seine Tochter.

Sandra besuchte die dritte Klasse der Grundschule in Bansdorf. Ihre Eltern hatten dem Kind schon früh beigebracht, den gut einen Kilometer langen Mühlenweg bis zur Dorfstraße und dann die restlichen dreihundert Meter zur Schule mit dem Fahrrad zurückzulegen. Nur im ersten Schuljahr hatte Susanne die Kleine mit dem Auto zur Schule gebracht und auch wieder abgeholt. Der Töllner-Hof lag als einziger weit hinten im Mühlenweg, bis auf die alte Mühle des Müllers Kornfeld mit zugehörigem Wohnhaus in Nähe der Dorfstraße und dem kleinen Tante-Emma-Laden direkt an der Dorfstraße gab es keine weiteren Häuser. Meterhohe Knicks säumten den einsamen Weg.

Als Sandra in der zweiten Klasse war, da hatte ihr Vater beschlossen, dass die Tochter den Weg ruhig alleine mit dem Fahrrad zurücklegen könne. Susanne hatte nach längerem Zögern zugestimmt, sich aber ausbedungen, die Tochter bei schlechtem Wetter und in der dunklen Jahreszeit weiterhin zur Schule zu bringen.

Susanne wurde langsam unruhig. Es war dreizehn Uhr vorbei. Am ersten Schultag nach den Sommerferien waren nur vier Unterrichtsstunden vorgesehen, wusste sie. Sandra hätte daher schon kurz nach zwölf Uhr, passend zum Mittagessen, zu Hause ankommen müssen. Und es gab Apfelpfannkuchen, die Lieblingsspeise des Kindes. Nein, da konnte etwas nicht stimmen, befand Susanne.

„Mach dir keine Gedanken", wiegelte Thomas ab, „die Kleine hat bestimmt mit Jana Sommer einiges zu besprechen. Die beiden haben sich die gesamten Ferien nicht gesehen. Jana war doch bei ihrer Oma auf Fehmarn. Du wirst sehen, die beiden haben sich verspielt."

Diese beruhigende Überlegung wirkte bei Susanne nur zwanzig Minuten. „Nein", sagte sie entschlossen, „ich fahr' mal kurz ins Dorf und schau nach."

Mit einem Seufzer nickte Thomas und sah seiner zwei Jahre jüngeren Frau aus dem Küchenfenster hinterher, wie sie eilig, mit Jeans und rotem Sweat-Shirt bekleidet, in ihren grünen VW-Polo stieg und vom Hof brauste.

Wenige Augenblicke später wunderte er sich, dass der Polo mit fast gleicher Geschwindigkeit wieder in die Hofeinfahrt einbog. „Na, bitte", dachte er, „viel Wirbel um nichts."

Dann befiel ihn ein nie gekanntes unheilvolles Gefühl, als er Susanne mit verzweifeltem Gesicht aussteigen und ins Haus rennen sah.

*

Udo Lorenz blickte aus seinem Bürofenster auf den Parkplatz des Klosterhausener Polizeidienstgebäudes und sinnierte, wie lange er schon als Kommissariatsleiter in diesem Büro arbeitete. Die Nachmittagssonne sorgte für ein, wie er fand, unangenehmes Raumklima. Der etwas füllige Mann mit dem vollen, dunkelblonden Haar schwitzte und nahm sich vor, heute etwas früher den Feierabend einzuläuten. Irgendwie war der 55Jährige Hauptkommissar an diesem Montag nicht so richtig in

Gang gekommen. Auch der Kaffee, den er sich nach seinem Mittagessen im Restaurant „Zum Abt" wie immer genehmigte, hatte ihn nicht mobil gemacht.

Zehn Jahre waren es nun, die er mit Ablauf dieses Monats als Chef der Klosterhausener Mordkommission eingesetzt war. Er hatte in Klosterhausen und zuvor bei der Kripo in Neumünster alles erlebt, wie er manchmal sagte:

- Komplizierte Todesermittlungen, die zunächst klar ein Verbrechen als möglich erscheinen ließen, sich dann aber als tragische Unglücksfälle entpuppten.
- Raubmorde, bei denen Opfer für Kleingeld sterben mussten.
- Morde an ehemals geliebten Menschen, die sich einem anderen zugewandt und damit für den eifersüchtigen Täter das Recht auf ein weiteres Leben verwirkt hatten.
- Morde an Menschen, damit sie ihr Wissen über einen Täter nicht der Polizei preisgeben konnten.
- Sogenannte Totschlagstaten von Menschen, die zuvor vom Opfer ausgelacht, verspottet oder sonst schwer gereizt worden waren und denen man nie zugetraut hätte, eine solche Tat zu begehen.
- Tötungen, die der Täter gar nicht realisiert hatte, weil er sie im Rausch des Alkohols oder Drogen begangen hatte.
- Tötungen, die als Folge einer psychischen Erkrankung des Täters begangen worden waren.

Aber nicht nur Mordfälle füllten das Erlebnistagebuch von Udo Lorenz. Auch herausragende Verbrechen wie Geiselnahmen oder Entführungen waren in den vergangenen Jahren geschehen.
Nichts könnte ihn noch irgendwie aus der Fassung bringen. Und es hatte sich bei dem erfahrenen Kriminalisten eine Routine eingespielt, die ihn sicher machte, jeder noch so großen Herausforderung begegnen zu können.

Manfred Buck, sein langjähriger Sachbearbeiter im 1. K hatte sich von Lorenz einiges abgeguckt. Der zwei Jahre jüngere Buck machte seinem Chef keinen Ärger, war für die Arbeit immer einsatzbereit und sonst auch für eine gute Arbeitsatmosphäre da. Vor Jahren war dann Christian Landau ins Kommissariat gekommen. Damals der Jüngste im 1. K Landau war äußerst wissbegierig, übernahm wie selbstverständlich auch Tätigkeiten, die insbesondere die beiden Alten im Team nicht mehr so gerne wahrnehmen wollten.

Bei den Alten handelte es sich um die Endfünfziger Hermann Andresen und Harry Wetzlar, der als Vertreter des Kommissariatsleiters eingesetzt war. Beide waren vom Einbruchskommissariat in die Mordkommission gewechselt und freuten sich schon seit geraumer Zeit über ihre in wenigen Monaten anstehende Pensionierung, was sie mit dem Abschneiden eines Zentimetermaßes regelmäßig an jedem Monatsanfang zeremonienhaft dokumentierten.

Landau war gern mit Lorenz zusammen auf Ermittlung, konnte er doch von ihm am meisten mitnehmen. Aber auch die dynamische Ermittlungsarbeit des erfahrenen Manfred Buck imponierte Landau. Mit der Zeit musste er jedoch feststellen, dass die Dynamik dieses Kollegen fast nur mündlicher Natur war, schriftliche Arbeiten überließ Buck lieber dem jüngeren Landau.

Bis auf die Büroangestellte Claudia Kaufmann, die gerade eine Akte zur Staatsanwaltschaft brachte, befanden sich sämtliche Mitarbeiter an ihren jeweiligen Arbeitsplätzen im 1. Kommissariat, als gegen 14.00 Uhr bei Udo Lorenz von der Einsatzleitstelle die Meldung einging, dass in Bansdorf ein neunjähriges Mädchen vermisst wurde. Wegen der offenstehenden Türen der miteinander verbundenen Büros konnten sie Lorenz knarzige, laute Stimme hören. Während die beiden ältesten Kollegen ruhig an ihren Schreibtischen in den hinten gelegenen Büros sitzen blieben, eilten Landau und Buck in Lorenz' Büro, um die Informationen aus erster Hand mitzukriegen.

„Kann es denn nicht sein, dass die Kleine sich nach der Schule verspielt hat?" fragte Lorenz mit einer Tendenz, die zumindest Christian Landau signalisierte, dass sein Chef noch nicht hundertprozentig davon überzeugt war, einen heiklen Vermisstenfall zur Bearbeitung übernehmen zu müssen.

Hauptkommissar Lorenz hatte seinen Telefonapparat auf Mithören geschaltet. So konnte die alarmierende Antwort des Einsatzleiters gleich richtig eingeordnet werden. „Die Mutter hat das Fahrrad ihrer Tochter hundert Meter von der Hofeinfahrt entfernt neben der Straße gefunden. Der Schultornister lag geöffnet neben dem Rad, der Inhalt verstreut drum herum."

Udo Lorenz räusperte sich. „Ach, am besten wir schauen es uns einmal vor Ort selbst an. Schicken Sie bitte die verfügbaren Streifenwagen in die Gegend, damit nach dem Mädchen gefahndet wird."

Dann wandte sich Lorenz an seine Mitarbeiter Buck und Landau. „Ihr fahrt ebenfalls nach Bansdorf. Nehmt auch unsere Oldies Hermann und Harry mit. Ich werde die weiteren Maßnahmen, falls erforderlich, gemeinsam mit der Leitstelle koordinieren und auch dort sein."

Es dauerte keine dreißig Minuten, da erreichten die beiden dunkelblauen VW-Passat-Dienstwagen den Mühlenweg in Bansdorf. Christian Landau war überrascht, dass er den Spurensicherungsbeamten Hans Gerlach kurz vor dem Töllner-Hof bereits arbeiten sah. Gerlach fotografierte gerade ein rotes Mädchenfahrrad und einen geöffneten, gelben Tornister, dessen Inhalt zerstreut daneben auf dem unbefestigten Weg lag. Landau, der den einen Passat lenkte und wie fast immer Manfred Buck als Beifahrer beförderte, stoppte den Dienstwagen so abrupt, dass der nachfolgende Wagen des 1. K mit den beiden Oldies beinahe aufgefahren wäre. Durch die geöffnete Seitenscheibe sprach Landau den

Spurenexperten an. „Wie kommst du denn so schnell hier her, Hans?"

„Lorenz hat mich von der Leitstelle aus herbeordert. Ich war als Tatortdienst in der Nähe."

Landau blickte auf das Fahrrad am Wegesrand. „Ist das von dem vermissten Mädchen?"

Gerlach nickte beiläufig und wandte sich wieder seiner Arbeit zu. Die wollte er wie immer hochkonzentriert erledigen, und er mochte dabei nicht gestört werden. Eher abweisend sagte er. „Ernst Dieter Schütt, der zuständige Polizist aus Bansdorf hat mich eingewiesen. Er ist bei den Töllners auf dem Hof. Er kann euch alles berichten."

Wenige Augenblicke später betraten Buck und Landau das Wohnhaus der Töllners, wo sich Polizeiobermeister Schütt in der Küche mit den Eltern der verschwundenen Sandra unterhielt. Manfred Buck hatte die beiden Oldies gebeten, sich gründlich in der näheren Umgebung des Hauses umzusehen.

Susanne und Thomas Töllner saßen nebeneinander am langen Flügel der hölzernen Eckbank in dem hellen, großen, modern ausgestattetem Küchenraum, Ernst-Dieter Schütt am kurzen Ende.

Buck und Landau blieben zunächst in der Küchentür stehen und beobachteten die Szene in der Küche. Susanne rieb sich gerade die verweinten Augen und haderte mit sich selbst.

„Warum habe ich Sandra bloß heute am ersten Schultag nach den Ferien nicht zur Schule gebracht und auch wieder abgeholt? Warum habe ich das nicht gemacht?"

Dorfpolizist Schütt ging auf das Klagen der Mutter ein. Der blonde Polizeiobermeister mit der stattlichen Figur kannte sie aus seiner Schulzeit, war mit ihr in derselben Klasse gewesen. Als Jugendlicher hatte Schütt auch mal ein Auge auf die hübsche Susanne geworfen, aber da war sie schon mit Thomas Töllner zusammen gewesen. „Suse," sagte er zur ihr und nannte sie so wie früher in der Schule, „das ist doch ganz normal, dass dein Kind allein zur Schule fährt.

11

Das tun die anderen Kinder doch auch." Schütt hatte sich vorgenommen, beruhigend und tröstend auf die Eltern einzuwirken und die beiden Kriminalbeamten bemerkten, dass Schütt offensichtlich die richtigen Worte gefunden hatte. Daher war es für das weitere Gespräch unpassend, als Manfred Buck sich mit den Worten ‚Mordkommission Klosterhausen, Buck – Manfred Buck' vorstellte. Sowohl die Gesichter von Susanne und Thomas Töllner als auch das des Dorfpolizisten verfinsterten sich. Panisch hörte sich die Frage der Mutter an: „Mordkomm…Mordkommission? Wieso das denn? Wieso Mord? Was ist mit Sandra geschehen?"

Der sonst so redefreudige Buck hatte diese Reaktion nicht erwartet, schaute betreten auf den Küchenfußboden, fand aber keine Worte, um auf die Mutter einzugehen.

Es war der besonnene Polizeibeamte Schütt, der sich bemühte, die Eltern zu beruhigen, indem er mit beiden Händen eine abmildernde Geste machte. Christian Landau trat zwei Schritte vor an den Küchentisch und erklärte ganz behutsam, dass alle verfügbaren Polizeibeamte im Einsatz seien, um Sandra so schnell wie möglich zu finden. Und um die aufgewühlten Eltern weiter zu besänftigen sagte er: „Unsere Spurensicherer sind schon im Einsatz, gleich kommt die Hundestaffel mit ganz speziell ausgebildeten Suchhunden. Wir haben auch einen Hubschrauber beim Bundesgrenzschutz angefordert und ganz viele Polizisten, die das Gebiet hier systematisch durchsuchen. Wir wollen alle, dass Sandra ganz schnell wieder nach Hause kommt." Während Landau dies sagte, nickte Ernst-Dieter Schütt immer wieder zur Bestätigung.

„Frau Töllner, wir müssen uns jetzt in ihrem Haus umsehen", sagte Landau der verzweifelt dreinblickenden Mutter und stellte fest, dass sie überhaupt nicht reagierte. Dafür aber der Vater. „Was wollen sie im Haus? Hier ist sie nicht. Sie war zur Schule und ist nicht wieder gekommen." Töllner erhob sich von seinem Platz am Küchentisch und zeigte mit dem ausgestreckten Arm zum Küchenfenster, das zur Hofeinfahrt wies. „Und da draußen liegt Sandras Fahrrad. Hier im Haus ist sie nicht."

„Das nehme ich auch nicht an", beschwichtigte Landau, „aber wir werden uns hier alles ansehen müssen, alles. Wir müssen auch Unmögliches in Betracht ziehen, um völlig sicher sagen zu können, dass sie nicht doch unbemerkt ins Haus gegangen ist." Christian Landau erinnerte sich an einen Vermisstenfall vor nicht allzu langer Zeit in Klosterhausen. Ein vierjähriger Junge war abends gegen sechs von seinen Eltern vermisst worden. Er hatte angeblich noch kurz vorher draußen vor dem Haus auf dem Rasen gespielt. Eine riesige Suchaktion wurde gestartet. Über Stunden suchten Polizei, Feuerwehr und auch Nachbarn die engere und weitere Umgebung ab. Lautsprecherwagen waren im Einsatz. Alles vergeblich. Christian Landau war als Bereitschaftsbeamter der Kripo Klosterhausen zuerst am Geschehensort gewesen und hatte sich auf die Auskunft der Eltern verlassen, dass sie gründlich im Haus nach ihrem Sohn gesucht hätten. Gegen 23.00 Uhr war die Suche wegen der Dunkelheit unterbrochen worden und Landau wollte dies den Eltern im Haus erklären. Es war wohl seine Anspannung und eine innere Unruhe, die ihn dazu veranlasste, einmal selbst durch das gesamte Haus zu gehen und nach dem Kleinen zu suchen. Und richtig. Der Vermisste saß im hintersten Winkel in einem großen Pappkarton versteckt unter der Kellertreppe. Die anfänglichen Rufe seiner Eltern hatte er nicht beantwortet und deswegen wahrscheinlich dann aus Furcht vor Bestrafung sich auch weiterhin mucksmäuschenstill verhalten. Dieser Fall war für Landau ein Paradebeispiel für die Notwendigkeit einer konsequenten Durchsuchung der Wohnung und des Hauses von vermissten Personen. Ihm sollte es nicht so ergehen, wie es vor Jahren seinem Chef ergangen war, als er in ähnlicher Situation bei der Suche nach einem vermissten Kind zwar die Wohnung und das

13

Haus durchsuchen ließ, aber es nicht für erforderlich erachtete eine im Hauswirtschaftsraum befindliche Kühltruhe zu öffnen. Und genau dort war das Kind am nächsten Tag von der Mutter gefunden worden. Erfroren. Die dienstrechtlichen Folgen dieser unterlassenen Kontrolle der Kühltruhe waren für Udo Lorenz nicht unerheblich gewesen. Lorenz sagte aber auch, dass die Vorwürfe, die er sich deshalb immer wieder machte, jahrelang und noch jetzt an ihm nagten.

Thomas Töllner blickte aufgeregt durch das Küchenfenster auf den Hof. Draußen tat sich etwas. Das alte Magirus-Deutz Löschfahrzeug der Freiwilligen Feuerwehr Bansdorf kam mit Blaulicht auf den Hof gefahren. Am Steuer saß Wehrführer Eggert Jepsen persönlich. Er lenkte das Einsatzfahrzeug direkt neben den Passat der Kripo und stieg mit Schwung aus der Fahrerkabine. Sieben weitere Feuerwehrmänner verließen die Sitzplätze in dem Löschwagen ebenfalls und stellten sich in Reihe vor ihrem Chef auf. Kurz darauf erreichten die Oldies vom 1. K den Hof.

„Was wollen denn meine Kameraden von der Feuerwehr hier?", fragte Thomas Töllner überrascht. Er stand auf, um die Küche zu verlassen.

Christian Landau begleitete ihn nach draußen und erfuhr von seinem Kollegen Harry Wetzlar, dass Udo Lorenz die Feuerwehren aus Bansdorf und dem in der Nähe gelegenen Ort Flethstedt alarmiert habe. Es sollte möglichst umgehend mit der Absuche der Umgebung, insbesondere des in Verlängerung des Mühlenweges gelegenen Bansdorfer Moores begonnen werden.

Die Kräfte der Polizei aus der näheren und weiteren Umgebung würden für diese Maßnahme nicht ausreichen, und die Einsatzhundertschaft aus Eutin war nach Auskunft von Lorenz gerade mal wie in diesem Jahr schon häufiger in einem Einsatz an der Hamburger Hafenstraße.

Christian Landau setzte sich über Funk kurz mit seinem Kommissariatsleiter in Verbindung und erhielt kurze und präzise Weisungen.

Nach und nach trafen weitere Kameraden der Freiwilligen Wehren aus Bansdorf und Flethstedt ein. Von der Polizei war PHK Konrad Merker vom Polizeirevier Klosterhausen als Leiter der Suchmaßnahmen erschienen. All das hatte Udo Lorenz nach der ersten Lagebeurteilung von der Einsatzleitstelle aus angeschoben. So waren innerhalb kürzester Zeit insgesamt zwanzig Feuerwehrmänner und ebenso viele Polizeibeamte auf dem Töllner-Hof erschienen, um systematisch die Gegend nach der vermissten Sandra abzusuchen.

Christian Landau bat seinen Kollegen Buck, die Suche an der Seite des Leiters der Suchmaßnahmen zu begleiten. Landau selbst verblieb im Haus bei den Eltern der Vermissten. Er hatte von seinem Chef den Auftrag erhalten, sich um das Ehepaar Töllner zu kümmern. Damit war Landau urplötzlich zum vorläufigen Angehörigenbetreuer geworden. Eigentlich eine Aufgabe der Spezialdienststelle im Landeskriminalamt, die aber wegen einer laufenden Geiselnahme in Plön zurzeit nicht zur Verfügung stand.

„Du machst das schon, du kennst das ja noch vom Janowski-Fall", hatte Udo Lorenz am Telefon gesagt und auf einen Angehörigenbetreuer-Einsatz Landaus Jahre zuvor in Klosterhausen angespielt. Manuela Janowski, Tochter von Rolf Janowski, Inhaber der gleichnamigen Kaufhäuser in Klosterhausen und Neumünster, war in Frankreich von zwei Deutschen entführt worden. Die Täter hatten in einem Telefonat dem Vater zunächst nur gemeldet, dass sie Manuela in ihrer Gewalt hätten. Rolf Janowski schaltete umgehend die Polizei ein, und schon eine Stunde nach dem Täteranruf saß Christian Landau als Angehörigenbetreuer im Wohnzimmer der Villa von Manuelas Eltern in der Klosterallee 30. Landau hatte den Auftrag, Rolf Janowski und seiner Ehefrau Renate nicht von der Seite zu weichen, insbesondere sie bei einem weiteren Täteranruf so zu unterstützen, dass möglichst viele Erkenntnisse und taktische Einsatzmöglichkeiten für die Polizei herauskamen. Hauptsächlich war es aber so, dass Landau die sehr besorgten und nahezu verzweifelten Eltern stabilisieren sollte. Ein toller Auftrag, hatte sich Landau damals gedacht. Da schickt dich dein Chef ohne jegliche Vorbereitung in eine solche Situation, die schwieriger nicht hätte sein können. Verzweifelte Eltern, unbekannte Täter, nicht bekannte Forderungen. Wer konnte schon sagen, wie sich der Fall entwickeln würde. Es war wirklich nervtötend, was sich in den frühen Abendstunden und über Nacht im Hause Janowski im Beisein Landaus abspielte. Renate Janowski als verzweifelnde Mutter rannte unruhig stundenlang von Zimmer zu Zimmer in der großen Villa. Ihr Mann Rolf saß stumm in seinem Arbeitszimmer am Schreibtisch, rührte sich kaum und beobachtete das grüne Tastentelefon vor sich. Ab und zu zuckte er zusammen, als seine Frau ihm wiederholt in der Nacht Vorhaltungen machte, warum er denn Manuelas Reise nach Paris überhaupt erlaubt habe. Jetzt könne er sehen, was er angerichtet habe.

Dann wieder über Stunden gespenstische Ruhe im Haus Janowski. Die ganze Nacht über. Auch Christian Landau hatte sich mehrfach dabei entdeckt, wie der das Telefon auf Janowskis Schreibtisch anstarrte. Die Technik für die Überwachung dieses Telefonapparates hatte Landau bei seinem Erscheinen sofort angeschlossen, und zwar ein ganz gewöhnliches Uher-Tonbandgerät, welches von ihm am Telefonanschluss so installiert war, dass es unverzüglich die Aufnahme startete, wenn der Apparat angewählt worden war.

Aber es hatte sich nichts getan in der Nacht – bis gegen 06.00 Uhr am nächsten Morgen. Danach überschlugen sich die Ereignisse. Die Täter meldeten sich mit einer Geldforderung. Die Übergabe sollte noch am Abend in

Paris sein. Direkt am Eiffelturm. Der Vater sollte das Geld persönlich überbringen.

Hektische Aktivitäten folgten, damit Janowski tatsächlich auch die geforderte Summe zahlen konnte.

Und - Udo Lorenz hatte entschieden, dass Landau den Vater des gekidnappten Mädchens nach Paris begleiten sollte. Aber so weit kam es dann nicht mehr.

Manuela Janowski war es gelungen, sich in einem Moment der Unaufmerksamkeit ihrer Entführer selbst zu befreien und die Polizei zu alarmieren. Die beiden Täter konnten gefasst werden. Ihre sehr hohen Freiheitsstrafen mussten sie in einem französischen Gefängnis absitzen.

„Du machst das schon." Christian Landau war zwar über das Vertrauen seines Chefs erfreut. Aber gleichzeitig sah er auch die große Verantwortung, die nun im Töllner-Fall auf seinen Schultern lastete. Für Landau war so ein gewaltiger Fall wie dieser hier in Bansdorf eine wahnsinnige Herausforderung. Und er befand sich darin an vorderster Front bei den Eltern. Erlebte ihre Hoffnung, die Tochter bald wiederzusehen, sah die unerträgliche Anspannung wegen der Ungewissheit, bemerkte die Verzweiflung beim Wechseln dieser Zustände und fand, dass er selbst kaum etwas tun konnte. Worte wären leere Hülsen gewesen angesichts der Schmerzen, die die Eltern ertragen mussten. Und dennoch sah Christian Landau ein, dass es wichtig war, dort zu sein. Den Eltern beizustehen in ihrer Not, einfach nur da zu sein, damit Susanne und Thomas Töllner jemanden hatten, der ihnen zuhörte. Und das tat Landau. Er hörte zu. Beim Weinen der Mutter um ihr Kind. Bei den wütenden Ausbrüchen des Vaters, was er dem Täter antun würde, wenn seiner Sandra auch nur ein Haar gekrümmt werden würde. Er hörte die Selbstanklage von Susanne, es versäumt zu haben, Sandra von der Schule abzuholen.

Landau vernahm von Thomas Töllner, wie dieser auf Hans-Peter Gniffel schimpfte. „Der hat doch bestimmt was mit Sandra angestellt, dieser Nichtsnutz. Lungert ständig im

Dorf vor Meyers Gasthof herum und glotzt nach den Mädchen." Landau erfuhr, dass Gniffel als sogenannter „Dorftrottel" galt und seine Unterkunft bei Landwirt Ludwig Küter, der den Zwanzigjährigen als billige und willige Arbeitskraft auf seinem großen Hof in Bansdorf beschäftigte, hatte. Allerdings sollten Gniffels Fähigkeiten eher beschränkt sein. So soll es seinem Arbeitgeber Ludwig Küter trotz großer Bemühungen und noch mehr Geduld nicht gelungen sein, seinem Helfer das Treckerfahren beizubringen. Wenn HaPe, so wurde er von allen im Dorf genannt, unterwegs war, dann mit seinem uralten Fahrrad.

Landau merkte sich die Angaben von Thomas Töllner genau, um sie noch am Nachmittag an seinen Chef weiter zu leiten. Die Spur ‚HaPe' würde mit Sicherheit unverzüglich angegangen werden, wusste Landau.

Im Gespräch mit dem Ehepaar Töllner hörte Landau noch vieles über das Innenleben in Bansdorf. Es waren Dinge, die ein Dorf einem Fremden gegenüber nie preisgeben würde. Aber in dieser Situation war es anders. Etwas Ungeheuerliches hatte sich sehr wahrscheinlich hier in diesem friedlichen Ort ereignet. Das wirkte. Und nicht nur Christian Landau erlangte an diesem Tag Kenntnisse über die Menschen von Bansdorf und Umgebung.

Auch seine Kollegen, mittlerweile zwölf an der Zahl und unter Leitung von Hauptkommissar Udo Lorenz zu einer Ermittlungsgruppe zusammengestellt, konnten hinter die Kulissen des Ortes schauen.

*

Die Durchsuchungsaktionen auf dem Töllner-Hof und in dessen näheren Umfeld brachten nichts. Keine Spuren, keine Hinweise auf das Schicksal der Schülerin.

Manfred Buck meldete die Ergebnisse in zeitlichen Abständen an die Einsatzleitstelle, wo bei Udo Lorenz in einem Nebenraum, dem sogenannten Lageraum, sämtliche Informationen zusammenflossen.

Den gesamten Nachmittag über folgte eine Meldung auf die andere über den Durchsuchungseinsatz, aber auch über die Ergebnisse der Befragungen von sämtlichen aufgebotenen Ermittlungsbeamten.

Damit diese vielen Informationen nicht durcheinander gerieten oder gar verloren gingen, war es die Aufgabe von Claudia Kaufmann, der Schreib- und Bürokraft im 1. Kommissariat, alles zu protokollieren. Udo Lorenz teilte ihr die Fakten in kurzen Sätzen mit, und es erwies sich von Vorteil, dass Claudia, seit gut fünf Jahren im K und 26 Jahre alt, gleich zu Anfang ihrer Tätigkeit einen Kurs in Kurzschrift an der Volkshochschule genommen hatte. So konnte sie die Info-Flut ohne große Anstrengung bewältigen und zum einen Berichte für die Ermittlungsakte schreiben, zum anderen sogenannte Spurenakten anlegen, in denen sich die Ermittlungshinweise befanden.

Kommissariatsleiter Lorenz war höchst zufrieden, dass die Ergebnisse der von ihm in Auftrag gegebenen Ermittlungen in dieser Form festgehalten wurden. Damit waren sie auch nach längerer Zeit zu rekapitulieren, mitunter auch noch nach vielen Jahren. Aber zunächst einmal wollte Lorenz und alle, die mit dem Vermisstenfall Sandra zu tun hatten, alles daran setzen, so schnell wie möglich Licht ins Dunkle zu bringen.

Doch schon am Abend des 3. August 1987 war klar, dass sich das Schicksal von Sandra nicht so schnell aufklären lassen würde.

Bei Einbruch der Dunkelheit gegen 22.00 Uhr waren die Durchsuchungen abgebrochen worden. Die eingesetzten Durchsuchungskräfte hatten in der näheren und weiteren Umgebung des Töllner-Hofes und auch im angrenzenden Bansdorfer Moorgebiet ebenso wenig Hinweise auf den Verbleib von Sandra finden können, wie die vier speziell ausgebildeten Suchhunde der Hundestaffel des Roten Kreuzes. Der Einsatz des Hubschraubers war ebenfalls erfolglos. Nur der über den gesamten Nachmittag und

Abend auf den regionalen Radiosendern NDR 1 und RSH ausgestrahlten Fahndungsaufruf nach der **neunjährigen Sandra Töllner aus Bansdorf, 140 cm groß, blondes, schulterlanges Haar, bekleidet mit blauer Jeanshose, blauweißem Ringelpulli und blauen Stoffschuhen**, erbrachte eine Vielzahl von Meldungen. Udo Lorenz kannte das aus anderen Fahndungsaufrufen und war sicher, dass nur ein Bruchteil der Anrufer tatsächlich etwas gesehen hatte, was zu dem Fall gehörte. Vielleicht auch nur ein einziger Anrufer – oder gar keiner. Nur konnte das erst beurteilt werden, wenn die Umstände der Meldungen näher betrachtet worden waren. Und doch war ein Anrufer dabei, der erst am späten Abend anonym dem Polizeirevier Klosterhausen fernmündlich mitteilte, er habe ein verdächtiges helles Auto gesehen, und zwar gegen 15.00 Uhr auf der Einfahrt zu einem Feldweg auf dem Parkplatz an er A23 bei Hohenfelde. Der Fahrer habe irgendwie „merkwürdig" gewirkt und das Auto auf dem Parkplatz umständlich gewendet. Den Fahrer konnte der Anrufer nicht weiter beschreiben. Dieser anonyme Anruf gewann erst dadurch eine enorme Brisanz, weil Udo Lorenz eine in der Nähe befindliche Autobahnstreife unverzüglich zum angegebenen Parkplatz lotste. Die dort eingesetzten Beamten konnten das erwähnte helle Auto nicht mehr feststellen, machten aber einen Fund, der höchst Besorgnis erregend war. Im hohen Gras lag an der bezeichneten Einfahrt des Feldweges ein blau-weißer Ringelpulli.

*

Thomas Töllner schreckte hoch, als das Telefon im Wohnzimmer wieder klingelte. Er sprang von der Sitzbank in der Küche auf und eilte ins Wohnzimmer. Bei den bisherigen Anrufen von der Polizei war Christian Landau jedes Mal an den Apparat gebeten worden. Doch seit gut

20

zwei Stunden waren keine Anrufe mehr von der Polizei gewesen. Und jetzt dieser gegen elf Uhr abends? Gab es eine neue Nachricht? Kam endlich die erlösende Meldung für Susanne und Thomas Töllner, dass ihre Tochter wohlauf gefunden wurde? Immer wieder hatte Thomas heute auf Susanne eingeredet, dass alles gut werden würde. Susanne hatte zuletzt nur noch stumm am Küchentisch gesessen und leise vor sich hin geweint. Landau als Angehörigenbetreuer war in den langen vergangenen Stunden der Gesprächsstoff ausgegangen. Er hatte es vermieden, zu große Zuversicht zu verbreiten. Zu eindeutig waren die Hinweise auf ein Verbrechen an der neunjährigen Sandra. Zu gering die Hinweise, die Hoffnung aufkommen ließen.

Als er den Vater nun von seinem Platz in der Küche in das Wohnzimmer sprinten sah, erfasste den Kripomann ein mulmiges Gefühl. Den Gedanken, dass sich um diese Uhrzeit möglicherweise ein Entführer melden könnte, um Lösegeld zu erpressen, hatte er eher nicht für realistisch gehalten. Er wusste, dass die telefonische Überwachung des Töllner-Anschlusses seit nachmittags stand, um auch für den Fall einer Entführung mit Lösegeldforderung gerüstet zu sein. Mit Udo Lorenz war sich Landau aber einig gewesen, dass der Fall Sandra Töllner einen anderen Hintergrund haben dürfte.

„Für Sie", rief Thomas Töllner vom Wohnzimmer aus, „es ist Herr Lorenz!"

Das mulmige Gefühl steigerte sich noch, als Landau die Nachricht seines Chefs hörte.

„Ja, ja, mach' ich. Ja, ich warte hier", entgegnete Landau nur kurz und legte auf. Dann atmete er zweimal tief durch und ging zu Sandras Eltern in die Küche.

„Da ist etwas gefunden worden, was vermutlich Sandra gehört", berichtete er stockend und wusste, dass sich seine schlimme Vorahnung direkt auf den Gemütszustand der Eltern übertragen würde. Sie blickten den Kriminalbeamten ängstlich und fragend zugleich an.

Der blau-weiße Ringelpulli!

Wenige Minuten später kam Spurenspezialist Hans Gerlach auf den Töllner-Hof gefahren. Er hatte einen durchsichtigen Asservatenbeutel in der Hand, als er die Küche betrat. Susanne heulte laut auf, als sie den Pulli ihrer Tochter in dem Beutel sah. „Ja, den hat Sandra heute angezogen", stammelte sie und wollte nach dem Kleidungsstück greifen. „Das geht nicht", brummte Gerlach, „den darf man jetzt nicht berühren, der muss noch untersucht werden."

Christian Landau blickte in die entsetzten und verzweifelten Gesichter der Eltern. Was sollte er ihnen jetzt sagen? Gab es irgendetwas, überhaupt ein Wort, das nun angebracht war? Nein, gab es nicht, und würde es nicht geben, wusste er. Dennoch fragte er: „Hat der Pulli etwas Besonderes, etwas, woran man eindeutig erkennen kann, dass es der von Sandra ist?"

Irritiert schaute Susanne ihren Mann an. Nach einigen Augenblicken verstand sie die Worte des Ermittlers. Vielleicht war es gar nicht Sandras Ringelpulli. Sie hatte ihn im Sommerschlussverkauf bei Karstadt in Elmshorn gekauft und wusste, dass davon ganz viele auf dem Verkaufsständer hingen. Vielleicht gehörte der Pulli gar nicht Sandra. Sie überlegte und gab ganz schnell eine Antwort. „Ich habe bei Sandras Pulli das Wäschezeichen im Nackenbereich herausgeschnitten und dabei die Naht etwas beschädigt." Hoffnungsvoll blickte sie auf Gerlach. Der verzog traurig sein Gesicht, als er nickte und sagte: „Das ist bei diesem Ringelpulli so."

*

Der Beginn der Spätbesprechung zog sich hin. Gegen 23.30 Uhr saßen fast alle Mitarbeiter, die im Laufe des Nachmittags bei der Kripo Klosterhausen von Udo Lorenz angefordert worden waren, im großen Besprechungsraum. Auch der Kripo-Chef, Kriminaloberrat Albert Fischer, war gekommen, um aus erster Hand den Sachstand dieses sehr außergewöhnlichen Kriminalfalles zu erfahren. Diese späte Besprechung leitete Lorenz als zuständiger Kommissariatsleiter. Etliche derartige Sitzungen hatte er geleitet und immer Wert darauf gelegt, dass alle Teilnehmer in kurzen, prägnanten Wortbeiträgen umfassende Informationen über den Fall erhielten. Schon gleich zu Beginn machte Lorenz dieses Ziel fest, als er den Kripo-Chef Fischer, der allgemein für seine umständlichen und weitschweifenden Ausführungen bekannt war, begrüßte. „Schön, dass sie da sind", sagte Lorenz, um seinen Chef gewissermaßen zu übergehen, „dann werde ich jetzt den Sachstand präsentieren." Fischer, ein Endfünfziger von hagerer Gestalt mit lichtem Haar und blassem Gesicht, rollte zwar noch mit den Augen und räusperte sich kurz, nickte dann aber und ließ Lorenz gewähren.

In wenigen Worten fasste Udo Lorenz die Fakten des Tages zusammen und berichtete von
- den Umständen des Verschwindens der Schülerin Sandra
- den bisher negativ verlaufenden Suchaktionen mit etlichen Polizeibeamten und Feuerwehrmännern und dem Einsatz von DRK-Suchhunden, eines Hubschraubers und Tauchern am Angelsee im Bansdorfer Moor
- der Öffentlichkeitsfahndung im Bereich Bansdorf mit Lautsprecherdurchsagen und allgemeine Suchmeldungen in den regionalen Radiosendern
- Anwohnerbefragungen fast im gesamten Ort.

Lorenz fragte die Kollegen nach den Ergebnissen ihrer Ermittlungen. Nacheinander berichteten sie.
Manfred Buck: „Ich war bei den Suchaktionen dabei, die vom Kollegen Konrad Merker geleitet wurden. Es haben sich keine Hinweise ergeben, die mit dem Verschwinden des Mädchens in Zusammenhang zu bringen wären."

23

Hauptkommissar Merker meldete sich zu Wort und ergänzte: „Wir haben alle naheliegenden Möglichkeiten heute abgearbeitet. Soll ich auch für morgen weitere Suchaktionen vorbereiten?"

„Ja", erwiderte Lorenz, „aber dazu kommen wir gleich noch. Erstmal weiter im Ablauf von heute. Hermann und Harry, was habt ihr heute gemacht?"

„Wir hatten zunächst den Auftrag, die nähere Umgebung des Töllner-Hofes zu erkunden und anschließend sollten wir uns um Hans-Peter Gniffel kümmern. Das ist derjenige, der bei Bauer Küter in Bansdorf wohnt und arbeitet und als sogenannter Dorftrottel gilt", erklärte Ermittlungs-Oldie Hermann Andresen.

„Und? Was hat die Überprüfung ergeben?"

„Gniffel benahm sich sehr auffällig. Er wollte sich in der Schrotkammer verstecken, als wir auf dem Küter-Hof ankamen. Er stotterte und zitterte wie Espenlaub, als wir ihn fragten, was er tagsüber gemacht habe. Er konnte kaum ein Wort rauskriegen. Dann kam aber sein Chef, Bauer Ludwig Küter. Der bestätigte, dass Gniffel den ganzen Tag auf dem Hof die Kuhställe sauber gemacht hat."

„Hat Gniffel ein Fahrzeug zur Verfügung?"

„Küter hat einen alten beigefarbenen T-Mercedes. Damit darf Gniffel aber nicht fahren, sagte Küter. Wenn Gniffel unterwegs ist, dann mit seinem Fahrrad. Außerdem hat er keinen Führerschein. Der Mercedes soll heute überhaupt nicht bewegt worden sein, so Küter."

„Dann ist der Hinweis auf Gniffel im Moment nicht mehr so heiß", bemerkte Udo Lorenz. „Gab es noch etwas?"

„ Ja", antwortete Oldie Harry Wetzlar, „mit Gniffel sind wir ja nicht so ins Geschäft gekommen, obwohl wir richtig Druck gemacht haben. Bei dem kommt nichts, der war das wohl auch nicht. Aber von Ernst-Dieter Schütt von der Polizeistation Bansdof haben wir noch einen Hinweis bekommen, der nicht uninteressant ist. Schütt erzählte uns, dass sich ein gewisser Achim Schenck oftmals sehr merkwürdig verhalten soll. Schenck wohnt allein in einer Einzimmerwohnung in dem kleinen Wohnblock an der Hauptstraße 24. Er ist vierzig und geschieden, seine Ex-Frau lebt angeblich in Hannover. Schenck war mal Futtermittelvertreter für die Mühle Kornfeld in Bansdorf, wurde aber entlassen, weil er auf seinen Vertretertouren auf einigen Bauernhöfen herumgeschnüffelt haben soll. Bei dem Schweinemäster Hubert Jacobs in Bornfeld bei Flethstedt ist er vom Hof geflogen, weil er sich unbemerkt tagsüber ins Schlafzimmer der Jacobs geschlichen und in der Wäsche von Frau Jacobs gewühlt haben soll. Bei Bürgermeister Adolf Mahn ist Schenck ertappt worden, als er abends durchs Badezimmerfenster gelinst haben soll. Die fast erwachsene Nichte Mahns soll in der Badewanne gewesen sein. Der Typ schleicht im Dunkeln durchs Dorf und spannt, sagte Ernst-Dieter Schütt."

Lorenz blickte seinen Oldie Wetzlar fragend an. Er wollte wissen, was die Überprüfung ergeben hatte.

„Schenck sagt, er war zu Hause. Er will nur kurz weg gewesen sein, und zwar im Tante-Emma-Laden im Mühlenweg. Die Tante Emma, also die Inhaberin Telse Staack bestätigt, dass Schenck mittags gegen zwölf dort Brot, Margarine und eine Bild-Zeitung gekauft hat."

„Und? Was hat er für ein Auto?"

„Angeblich hat er im Moment kein Auto. Das hat seine Ex-Frau behalten, sagt er."

„Was berichten die Nachbarn von Schenck?"

„Die sagen, dass er ein ganz merkwürdiger Knispel ist, mit dem niemand etwas zu tun haben will. Er hat keine Freunde, kriegt nie Besuch, will keinen Kontakt zu den Nachbarn. Der ist immer allein. Und das in einem Ort wie Bansdorf, der muss ja auffallen. Naja, wir haben ihn ordentlich hergenommen, weil er kein Alibi hat und seine Spanner-Geschichten sind ja auch nicht ohne. Wir haben ihm auch klar gemacht, dass er kurz davor ist, eingebuchtet zu werden. Allerdings haben wir bei ihm nichts gefunden, was als Beweis gegen ihn bewertet werden kann. Die Durchsuchung bei ihm brachte nichts". „Das reicht nicht aus für eine erledigte Überprüfung", fand Lorenz und blickte seine Oldies sehr ernst an. „Der muss morgen noch einmal ran. Manni, da kümmerst du dich morgen drum." Zunächst sahen sich Andresen und Wetzlar irritiert an, weil sie doch an Schenck dran waren. Dann fiel ihnen ein, dass Lorenz als taktisches Mittel öfter mal die Pferde wechselte und eine Person von unterschiedlichen Teams überprüfen ließ. „Soll ich Schenck allein angehen?" Manfred Buck war einerseits stolz, dass er nun die bisher wichtigste Spur übernehmen sollte. Andererseits hätte er gern einen zweiten Mann dabei, schon allein wegen der Tatsache, dass die Überprüfungsergebnisse auch schriftlich zu fixieren waren, eine Tätigkeit, die Buck so gar nicht mochte.

„Am besten, du nimmst jemanden von den zugeordneten Kollegen aus dem Fahndungskommissariat mit", entschied Udo Lorenz und erklärte, dass Christian Landau am nächsten Tag wahrscheinlich noch mit der Betreuung der Eltern beschäftigt sei.

Die Spätbesprechung dauerte bis kurz vor Mitternacht. Die insgesamt zehn Ermittlungsteams – das 1. K war kurzfristig erheblich mit Kollegen aus anderen Dienststellen verstärkt worden - trugen sämtliche Fakten aus ihren bisherigen Nachforschungen vor. Daraus ergaben sich weitere Ermittlungen, die nun anzustellen waren. Die Fakten und Hinweise wurden von Udo Lorenz und Claudia Kaufmann in sogenannten Ermittlungsspuren festgehalten.

So waren schon am ersten Abend nach dem Verschwinden von Sandra eine bemerkenswerte Anzahl Spuren vorhanden, deren zeitnahe Bearbeitung zwingend geboten war. Die Faustregel lautet bekanntermaßen, dass bei einem Ereignis wie das Verschwinden der kleinen Sandra die ersten drei Tage von entscheidender Bedeutung für den Erfolg der Nachforschungen sind. Später sind vielleicht mögliche Spuren eines Verbrechens nicht mehr als solche zu erkennen oder sie können nicht mehr als Beweise gewertet werden, zum anderen könnten Beobachtungen in der Erinnerung von Zeugen verblassen oder sonst irgendwie beeinflusst werden. Ein Täter würde sich in zeitlichem Abstand zu einer Tat seine Gedanken machen, wie Verdächtigungen gegen ihn zu erklären sind. Und – in diesem Fall ganz wichtig – die Chancen, Sandra lebendig zu finden, schwanden von Stunde zu Stunde.

So standen an,

- das Umfeld der Familie Töllner näher zu betrachten. Wie war das Familienleben? Wer gehörte zu den Verwandten und Bekannten der Töllners und was waren das für Menschen? Gab es Probleme im Familienumfeld? Wer kam in der Vergangenheit auf den Töllner-Hof?

  Nicht zuletzt Christian Landau hatte als erster Betreuer der Eltern die Aufgabe, diese Fragen zu erörtern. Eine nicht ganz leichte Arbeit für den Beamten, da die Eltern unter dem besonderen Druck der Ereignisse litten. Fingerspitzengefühl war angesagt, aber Lorenz wusste diese Aufgabe bei Landau in guten Händen.

- Bürgermeister Adolf Mahn und Obermeister Schütt von der Polizeistation Bansdorf hatten ihre umfangreichen Kenntnisse über Personen und Vorkommnisse in Bansdorf und Umgebung mitgeteilt. Und das betraf nicht nur die Hinweise auf HaPe Gniffel und Achim Schenck.

  Am Tante Emma-Laden von Telse Staack, also an der Einmündung der Dorfstraße zum Mühlenweg, war in den letzten Wochen mehrfach ein heller Kombi aufgefallen, weil er in der Einmündung manchmal minutenlang stehen blieb, dann aber wendete und eilig in Richtung Flethstedt davon fuhr. Über den Fahrer konnte Ladeninhaberin Telse Staack nur berichten, dass es ein Mann mittleren Alters gewesen sei.

Ebenfalls ein heller Kombi war dem Müller Friedger Kornfeld an seinem Mühlenbetrieb, der sich in hundert Metern Entfernung von Telse Staack's Laden befand, in gleicher Weise aufgefallen.

- Die Hausbefragung bei Angela Jüchter, einer jungen Mutter aus der Dorfstraße 49, brachte einen Hinweis auf einen Mann, der bis vor sechs Wochen längere Zeit in Meyers Gasthof einquartiert war. Angeblich sei der Mann, vom Alter her um Mitte dreißig, als Monteur beim Bau der A23 von Itzehoe nach Heide beschäftigt gewesen. Frau Jüchter gab an, dass ihr der Mann verdächtig vorgekommen sei, weil er ihre fünfjährige Tochter von der Straße aus angesprochen habe, als diese im Vorgarten gespielt habe. Als sie sich im Küchenfenster gezeigt hatte, sei der Mann eilig weitergegangen. Ihre Tochter habe erzählt, dass der Mann nur nach der Uhrzeit gefragt habe. Den Mann habe sie schon vorher abends mehrfach in Meyers Gasthof gesehen.

- Elvira Tramm, ledige Postzustellerin in Bansdorf und Umgebung und wohnhaft in dem Block, in dem auch Achim Schenck wohnte, konnte berichten, dass ihr ein Mehmet Orhan, Bansdorf, Eichenweg 12, bei Strasser, aufgefallen sei, als sie ihm vor vier Wochen ein Paket zugestellt habe. Der Türke lebe dort allein als Untermieter der Familie Strasser in einem separaten Anbau und habe gerade eine große Anzahl von Kinderbildern auf dem Küchentisch ausgebreitet gehabt, als

Elvira Tramm das Paket gebracht habe. Orhan habe schnell eine Zeitung auf die Bilder gelegt, um den Blick darauf zu vermeiden.

- Boris Kalow, Bansdorf, Eichenweg 2, wies auf seinen ehemaligen Schwager Helmut Stolz hin. Der Bruder seiner Ex-Frau sei früher oft in Bansdorf gewesen und habe sich praktisch bei den Kalows eingenistet. Der ledige Helmut Stolz sei nach Angaben Kalows ein regelrechtes Schwein gewesen, der immer nur anzügliche Sprüche von sich gegeben habe. Kalow habe Stolz nach einigen Wochen rausgeschmissen, was letztlich dann zur Trennung von seiner Ehefrau geführt habe. Stolz soll angeblich in Elmshorn beim Hafenfest versucht haben, eine Frau, die er dort kennengelernt hatte, zu vergewaltigen.

Als Lorenz ein Pause machte, war es Kriminaloberrat Fischer, der sich mit einem Wortbeitrag meldete: „Haben Sie auch an eine Datenrecherche gedacht, Herr Lorenz?"
Er meinte damit eine Nachfrage in der polizeilichen Datenbank, die sich zielgerichtet auf eine bestimmte Art und Weise der Tatausführung bezog und Personen speicherte, die bereits wegen einer solchen Tat ermittelt werden konnten.
Lorenz war sich dieser Recherchemöglichkeit sehr wohl bewusst, doch am ersten Tag der Arbeit in einem solchen Fall war es seiner Meinung noch nicht an der Zeit, sich auch noch darum zu kümmern. Er nickte dennoch auf die Frage seines Vorgesetzten, um keine Diskussion über seine Einstellung dazu aufkommen zu lassen.
Fischer, der sich mit Udo Lorenz nicht so gut verstand, weil der nach Lorenz' Ansicht wenig bis keine Ahnung von kriminalpolizeilicher Arbeit vorweisen konnte und dies auch hin und wieder indirekt betonte, bewies dies mit seiner nächsten Äußerung: „Ich frage, weil es gerade das 1. K ist,

das sehr wenig Anfragen bei der Datenstation stellt. Das Einbruchkommissariat ist da sehr viel fleißiger."

Lorenz schüttelte innerlich den Kopf und ließ den Einwurf seines Chefs mit einem lapidaren Satz abprallen: „Wir haben Gott sei Dank nicht so viele schwere Verbrechen wie Einbrüche." Sein Blick auf Fischer zeigte allen im Besprechungsraum, dass dieses Thema jetzt besser nicht fortgesetzt werden sollte.

Das verstand auch Oberrat Fischer und schwieg in der Folge, damit die Besprechung zügig zu Ende geführt werden konnte. Lorenz sagte zu den bisher vorliegenden Hinweisen: „Wir haben schon einige ganz wichtige Informationen bekommen. Es wäre vermessen, wenn ich schon jetzt eine Wertung vornehmen würde. Neben den merkwürdigen Typen aus Bansdorf ist auffällig, dass sowohl in Bansdorf selbst als auch am Fundort des Pullis ein helles Auto von Zeugen beobachtet worden ist.

Wir sollten dies im Hinterkopf behalten."

*

Christian Landau hatte eine unruhige Nacht im Hause Töllner. Weder Susanne noch Thomas Töllner konnten sich beruhigen. Susanne lief immer wieder im Haus durch sämtliche Räume, schaute durch fast jedes Fenster nach draußen und öffnete mehrfach die Haustüren vorn und hinten, um auf den Hof zu sehen. Thomas Töllner saß wie versteinert in seinem Sessel im Wohnzimmer. Dort hatte Landau auch in einem bequemen Sessel Platz genommen. Gegen Mitternacht war der Gesprächsstoff ausgegangen, Landau wusste keine Fragen mehr, die er den Eltern noch stellen wollte. Die Eltern hatten keine Worte mehr, die sie dem Kriminalbeamten gegenüber noch loswerden konnten. Etliche Male hatten die Eltern das bisher Geschehene wiederholt, Susanne sich immer wieder Vorwürfe gemacht. „Ich bringe den Kerl um, wenn ich ihn zu fassen kriege", sagte Thomas mehrfach an dem Abend und steigerte sich dabei. Christian Landau war nun schon so häufig mit Worten wie „Wir tun alles, um Sandra schnell wieder nach Hause zu holen" auf Töllners Beteuerungen eingegangen, wusste aber doch ganz genau, dass er eigentlich leere Worte von sich gab. Auf Susannes selbst anklagende Sätze wie „Hätte ich sie doch nie alleine zur Schule geschickt" konnte Landau kaum noch etwas entgegnen.

Landaus Aufgabe war nicht so genau festgelegt worden. Er sollte sich um die Eltern lageangepasst „kümmern" und so viele Informationen wie möglich erfragen. Was der kleinen Sandra tatsächlich mittags passiert war, konnte bisher niemand genau sagen. War es eine Entführung, um von den Eltern ein Lösegeld zu erpressen? Dafür hatten sich noch keine Anhaltspunkte ergeben.

War es ein Sittlichkeitsverbrecher, der die Kleine mitgenommen hatte? Und wenn ja, würde er Sandra wieder laufen lassen? Oder war schon jetzt alles zu spät und Sandra war von dem Täter umgebracht und irgendwo abgelegt worden? Der aufgefundene Ringelpulli des Kindes ließ dieser grausamen Vorstellung mehr Raum.

Christian Landau bemerkte, dass er sich der Verzweiflung der Eltern nicht verschließen konnte. Sie berührte ihn und er musste sich zwingen, das ganze Geschehen sachlich zu betrachten. Er musste einen klaren Kopf behalten, dafür war er auch über Nacht bei den Töllners geblieben. Die Eltern sollten nicht alleine sein.

Das Telefon hatte abends mehrfach geläutet. Thomas Töllner hatte die Gespräche jedes Mal entgegen genommen. Hochspannung herrschte bei jedem Anruf. Susanne und Christian Landau hörten die Telefonate über Lautsprecher mit. Die anfängliche Hochspannung bei jedem Anruf wandelte sich bei Susanne unverzüglich in Enttäuschung, als die Anrufer sich meldeten. Ihr Onkel aus Kiel, die Eheleute Seegers aus Hamburg, tags zuvor erst von ihrem Urlaubsdomizil auf dem Töllner-Hof abgereist, Thomas' Cousin aus Epenwöhrden in Dithmarschen und sogar

Susannes Oma Elly aus dem Seniorenheim in Glückstadt meldeten sich, weil sie die Nachrichten über den Vermisstenfall auf der Welle-Nord gehört hatten. Thomas' Antworten auf die besorgten Nachfragen ließen ratlose Anrufer zurück. Jeder Anruf grub die Verzweiflung der Eltern tiefer und tiefer.

Dienstag, 4. August 1987

Udo Lorenz war nur wenige Stunden zu Hause gewesen, als er gegen halb sieben sein Büro betrat. Drei Stunden Schlaf, das war alles für die Nacht. Von Müdigkeit keine Spur. Zu sehr hatte ihn der Vermisstenfall aufgeputscht. Hunderte von ganz unterschiedlichen Informationen waren durch seinen Kopf gegangen. Anrufe, persönliche Gespräche, Aktennotizen, Ideen, Anträge, dienstliche Verpflichtungen, Vorschriften. All das ließ ihn nicht zur Ruhe kommen. Er wusste, dass der heutige Tag noch anstrengender werden würde und wollte vorbereitet sein. Doch war er überrascht, als er schon so früh aus dem Schreibbüro das Klappern der elektrischen Schreibmaschine hörte.

„Claudia, was machst du schon hier?", war seine verblüffte Frage, als er entdeckte, dass die Angestellte des 1. K bereits um diese frühe Zeit an der Maschine arbeitete.

„Ach, ich bin doch in der letzten Nacht nicht mit den anzulegenden Ermittlungsspuren fertig geworden. Das mach' ich jetzt noch schnell, bevor die Hektik hier wieder losgeht." Die Antwort von Claudia Kaufmann machte den Chef des 1. K zufrieden. Er konnte sich auf alle seine Mitarbeiter verlassen. Hundertprozentig. Sie waren alle zur Stelle, wenn es galt, einen so schwerwiegenden Fall wie den aus Bansdorf aufzuklären. Feierabend gab es in solchen Situationen nicht. Nur mal schnell zum Schlafen nach Hause. Und dann weiter.

So kannte es Udo Lorenz seit Jahren, so war die Arbeit für seine Leute im Kommissariat. Das waren sie den Opfern von den schweren Verbrechen und deren Angehörigen schuldig. Dafür waren sie ins 1. Kommissariat gegangen. Nach und nach trudelten sie ein, die Ermittler des 1. K. Selbst die beiden Oldies versäumten, die sonst an jedem Arbeitstag fällige Bemerkung über die wenigen Monate bis zur eigenen Pensionierung zu machen. Auch die vielen zugeordneten Kollegen aus anderen Kommissariaten waren pünktlich zur Stelle, als die Einsatzbesprechung im großen Saal des Klosterhausener Polizeihauses um halb acht losging.

„Christian hat sich vorhin gemeldet", berichtete Udo Lorenz zu Beginn der Frühbesprechung. „ Bei ihm und bei den Eltern gibt es keine neuen Informationen."

Ehe Lorenz weitersprechen konnte, räusperte sich der gerade eingetroffene Kriminaloberrat Fischer. „Ist Landau etwa die ganze Nacht über bei den Eltern gewesen?", fragte er und verzog oberlehrerhaft sein Gesicht. Lorenz wollte sich davon absolut nicht provozieren lassen und gab daher nur eine äußerst knappe Antwort: „Ja."

„Warum das denn?"

Da war es wieder, dachte Lorenz. Dieses naive Geschwätz des Vorgesetzten. Diese Ahnungslosigkeit von fachlichen Erfordernissen. Das Stören wichtiger Arbeit. Lorenz legte spürbaren Spott in die Entgegnung: „Weil ich es so entschieden habe." Dabei schaute er den Kriminaloberrat mit sehr ernster Miene an und signalisierte mehr als deutlich, dass er nun unbedingt mit der Besprechung fortfahren wollte. Doch bevor das geschah, wurde er von Claudia Kaufmann zum Telefon, das sich in einem Nebenraum befand, gerufen.

Als er nach dem Telefonat wieder den Besprechungsraum betrat, war er blass im Gesicht. Er schluckte trocken, bevor er die soeben erhaltene Nachricht verkündete. „Die Kleine ist gefunden. Sie ist tot."

Christian Landau wollte nicht lange drum herum reden. Sein Chef hatte ihm gerade mitgeteilt, dass Sandra tot am Rand eines Parkplatzes an der Strecke von Bansdorf nach Klosterhausen hinter einem Busch aufgefunden worden war. Ein Autofahrer aus Glückstadt hatte dort eine Rauchpause eingelegt und das tote Kind entdeckt. Polizeiobermeister Schütt aus Bansdorf war gerade auf Streifenfahrt und zuerst am Fundort. Er kannte Sandra persönlich und konnte sie einwandfrei identifizieren. Die Eltern merkten es sofort. Als Landau den Telefonhörer auflegte, sah er in die entsetzten Gesichter der Mutter und des Vaters. Christian Landau nickte. „Ja, Sandra ist tot. Sie ist gerade aufgefunden worden." Weiter kam er nicht mehr. „Nein, nein, nicht Sandra. Nicht meine Sandra. Nicht meine Sandra", brüllte Susanne Töllner und schlug sich die Hände vors Gesicht. Thomas starrte Landau an. Nein, er starrte durch ihn hindurch, so als blicke er gerade in eine andere Welt. Sein Mund war weit geöffnet. Dann bewegten sich seine Lippen, aber Sandras Vater brachte keinen Ton hervor. Es dauerte einige Augenblicke, bis er sich seiner Frau zuwandte und ihr seine rechte Hand auf die Schulter legte. Dann weinte er.

Landau wusste, dass jedes Wort, das er jetzt sprechen würde, ein falsches sein würde. In einer solchen Situation konnte es keine hilfreichen Worte geben. Landau konnte nur da sein. Die Eltern nicht alleine lassen. Jetzt, da alles für sie zusammengebrochen war, die schlimme Nachricht vom Tod ihrer Sandra wie eine Flutwelle über sie hereinbrach. Alles, was an schönen Erinnerungen an das gemeinsame Leben mit dem Kind dagewesen war, alles was an Plänen und Träumen für die Zukunft Hoffnung, Zuversicht, Freude und Stolz ausgemacht hatte, alles war weg. Zerstört von der Gegenwart. Einer Gegenwart, die sich bei Susanne und Thomas gerade in diesem Moment einbrannte. Für immer.

Christian Landau konnte nichts mehr für die Eltern tun. Beide versanken in ihrer Trauer und Verzweiflung über den Tod ihrer einzigen Tochter, waren nicht mehr ansprechbar. Landau kannte das von einem tragischen Ereignis, das er erst wenige Monate zuvor erlebt hatte.

Als Bereitschaftsbeamter der Kripo Klosterhausen war er in einer Samstagnacht zu einem Brand eines Hauses nach Flethstedt gerufen worden. Das Obergeschoss des Hauses brannte fast in voller Ausdehnung, als Landau eintraf. Er sah, wie die Freiwillige Feuerwehr versuchte, das Feuer unter Kontrolle zu bringen. Es hieß, in dem Haus seien die beiden Söhne, acht und elf Jahre alt, alleine in ihrem Zimmer im Obergeschoss, ihre Eltern zu einer privaten Feier in Meyers Gasthof in Bansdorf. Der Flethstedter Polizeiobermeister Gerd Berner war als erster am Brandort gewesen und wusste, dass die Jungen alleine waren. Der mutige Polizist hatte die Eingangstür eingetreten und war in das brennende Haus gestürzt, um die Jungen zu suchen. Als Landau erschien, stand Berner am geöffneten Heck eines Notarztwagens. Er hatte den älteren der beiden Jungen auf der Treppe liegend gefunden und aus dem Haus getragen. Ein zweites Mal hatte Berner wegen der Flammen nicht ins Haus gekonnt. Nun beobachtete der Polizist die Rettungsversuche des Notarztes und schlug die Hände vors Gesicht, als dieser ihm signalisierte, dass sämtliche Reanimierungsversuche vergeblich waren. Der Junge war tot. Er hatte keinerlei Brandverletzungen und offensichtlich noch versucht, aus dem brennenden Obergeschoss zu flüchten. Doch die eingeatmeten Rauchgase waren sehr wahrscheinlich tödlich gewesen, er war auf der Treppe zusammengebrochen, wo ihn Berner dann gefunden hatte.

Das Feuer war dann sehr schnell gelöscht worden. Und die Brandursache augenscheinlich. Dem Brandverlauf nach war ein Fernseher im Zimmer der Jungen implodiert und in Brand geraten. Beide Jungen waren in ihren Betten und versuchten, ihr Zimmer zu verlassen. Der Ältere schaffte es, die Tür zu öffnen und bis zur Treppe zu gelangen, sein Bruder nicht. Er wurde hinter der Zimmertür gefunden. Tot und verkohlt.

Als diese Fakten gerade feststanden, trafen beide Eltern ein und stürzten vom Taxi aus auf ihr Haus zu, wo Gerd Berner und Christian Landau sie davon abhielten, das Haus zu betreten. Sie sahen das Unfassbare. Die Schreie der Mutter hallten durch die Nacht, wollten gar nicht aufhören.

Landau brauchte lange, um das Erlebte zu verdrängen. Und jetzt, hier auf dem Töllner-Hof, da war es wieder. Aber er wusste, dass er nach einiger Zeit nicht mehr daran denken müsste. Den Umgang mit derart schrecklichen Ereignissen hatte er gelernt. Dem Kriminalbeamten war aber auch klar, dass den Eltern dieses schreckliche Ereignis für immer gegenwärtig sein würde.

Landau war dankbar, dass der Bansdorfer Pastor Jens Wiehen nach gut einer halben Stunde zusammen mit Bürgermeister Adolf Mahn auf dem Hof erschien. Pastor Wiehen hatte sich sofort auf den Weg gemacht, als Mahn ihn aufgefordert hatte, sich mit ihm um die Eltern zu kümmern. Udo Lorenz hatte Adolf Mahn darum gebeten, nachdem klar war, dass Sandra das Mordopfer war.

*

„So, Herr Schenck, nun wollen wir uns mal richtig unterhalten". Extrem laut sprach Manfred Buck den verdutzten ehemaligen Futtermittelvertreter an, als dieser morgens um zehn die Tür seiner Einzimmerwohnung öffnete. Buck fragte gar nicht, sondern schob den Wohnungsinhaber zurück und betrat das sehr spärlich eingerichtete Zimmer. Bucks Kollege Gunter Zeidler vom Fahndungskommissariat folgte. Achim Schenck war blass im Gesicht und sprachlos. Er fühlte sich von den beiden Kripo-Beamten überfallen, starrte sie erschrocken an. Er hatte an seinem kleinen Esstisch am Fenster gesessen und lustlos ein Käsebrot gefrühstückt, als Buck und Zeidler sich polternd an der Tür bemerkbar gemacht hatten. Jetzt stand er neben der geöffneten Tür und sah, wie Fahnder Zeidler sich unverzüglich mit den Worten „ Ich darf doch" in das hinten links befindliche Bad begab.

Manfred Buck sah den hageren Mann mit den etwas fettig wirkenden kurzen, dunkelblonden Haaren streng an.

„Und? Wollen Sie uns was sagen?" Buck kam bei diesen Worten noch näher, rückte Schenck quasi auf die Pelle.

Achim Schenck, immer noch überrascht, zeigte seine Nervosität deutlich, indem er beide Hände abwechselnd an seiner schmuddeligen Cordhose und seinem blau-schwarz-karierten Baumwollhemd abwischte.

Buck registrierte dieses Verhalten und griff an. „Na, da werden dir wohl die Hände feucht, was? Haste wohl nicht gedacht, dass wir so schnell wieder da sind?"

Manfred Buck duzte den Mann plump. Er meinte, damit seiner Strategie der Überrumpelung mehr Fahrt geben zu können und war erstaunt, als Schenck fragte: „Wer, wer sind Sie? Was wollen Sie von mir?"

„Was wir wollen?" Buck tat verärgert, verstärkte die Lautstärke seiner Stimme noch. „Was wir wollen? Wir sind von der Kripo und wollen wissen, was du mit der Kleinen gemacht hast. Komm schon, rede."

„Das habe ich doch schon alles gesagt. Ich kenne die Vermisste nicht, war gestern fast nur hier zu Hause. Nur kurz zum Einkauf in der Hökerkate", antwortete Schenck zögerlich mit leisen Worten.

„Genau. Die Hökerkate ist am Anfang des Mühlenweges. Und da ist die Lütte gestern weggeschleppt worden. Also raus mit der Sprache, was hast du mit ihr gemacht?" Bucks Stimme war schneidend und bedrohlich. Der gerade aus dem Bad erscheinende Zeidler stellte sich neben Schenck auf und wiederholte Bucks Worte, was dadurch bedingt, dass Zeidler schmatzend Kaugummi kaute, wie in einem schlechten Film klang.

Schenck schüttelte seinen Kopf. „Nichts. Ich kenne die Lütte nicht. Hab' nichts gemacht." „Du bist doch so einer, der sich in fremde Schlafzimmer schleicht und in Frauenunterwäsche rumschnüffelt", hielt Zeidler ihm vor und legte nach: „ So ein Ferkel bist du. Was hast du der Lütten angetan?" Achim Schenck schluckte aufgeregt. Die deftigen Worte des Beamten trafen ihn. Buck packte noch eins drauf: „Und dann bist du so einer, der beim Bürgermeister durch Badezimmerfenster spannt, weil dessen Nichte da nackt zu sehen ist. So einer bist du! Das wissen wir. Komm, sag' schon was du mit der kleinen Töllner gemacht hast?" „Töllner? Ich kenn' die nicht. Ich hab' nichts gemacht." Die zunächst blasse Gesichtsfarbe färbte sich vor Erregung deutlich rot, auf der Stirn des Mannes standen jetzt Schweißtropfen. Für die beiden Ermittler ein deutliches Zeichen, dass sie hier den Richtigen vor sich hatten. Noch eine halbe Stunde setzten sie dem Verdächtigen auf diesem Niveau zu. Schenck verstummte mehr und mehr, sagte zuletzt gar nichts mehr und senkte seinen Blick nach unten. Buck empörte sich lautstark über dieses Verhalten und donnerte los: „So, das reicht mir jetzt. Du kommst mit. Du bist festgenommen. Wegen Mordes."

Als die beiden Kriminalbeamten den Verdächtigen mit auf dem Rücken gefesselten Händen zu ihrem Auto führten, bewegten sich die Gardinen in den anderen Wohnungen. Die übrigen Hausbewohner waren durch das laute Gebrüll der Beamten aufmerksam geworden.

*

Das tote Mädchen lag rücklings auf dem metallenen Obduktionstisch der Pathologie des Klosterhausener Krankenhauses. Nackt. Kalt. Blass. Blutleer. Ein y-förmiger Schnitt von beiden Schlüsselbeinen zum Brustbein bis zum Schambein war mit eng angesetzten Stichen wieder vollständig verschlossen. Dr. Arndt, der erfahrene

Rechtsmediziner aus Hamburg, hatte seinen Sektions-gehilfen kurz zuvor mit deutlichen Worten klar gemacht, dass er auch diese Arbeit zum Ende der Obduktion an dem Leichnam mit äußerster Präzision ausgeführt haben wollte. Pfuscharbeit war Arndt in jeder Hinsicht zuwider. Christian Landau hatte die klare Weisung von Dr. Arndt erstaunt wahrgenommen. Sein fragender Gesichtsausdruck veranlasste den Obduzenten, eine Erklärung abzugeben. „In der vergangenen Woche hat sich ein Bestatter bei mir beschwert, weil bei einer sezierten Leiche die Nähte teilweise wieder aufgeplatzt waren, als sie in den Sarg gebettet werden sollte. Das geht überhaupt nicht." Landau war von seinem Chef zur Obduktion ins Krankenhaus geschickt worden, als er die Töllners verlassen hatte. Obwohl er die Nacht über bei der Familie Töllner gewesen war, wollte Landau keine Pause. Er nutzte jede sich bietende Möglichkeit, bei Obduktionen zugegen zu sein und hatte im Laufe der vergangenen Jahre etliche davon erlebt und so ein enormes Erfahrungswissen erworben. „Die Leiche spricht bei der Obduktion", pflegte Landau seinen lebensälteren Kollegen zu sagen, die sich eher zurückhielten, wenn diese Aufgabe vergeben wurde. Christian Landau war fasziniert von den zahlreichen Möglichkeiten, die eine rechtsmedizinische Leichenöffnung für die Ermittlungen bot. In den meisten Fällen ergaben sich konkrete Erkenntnisse über
- Todeszeitpunkt,
- Todesursache und Todesart,
- ggf. Tathergang,
- Tatwerkzeug,
- Tatort
- Spuren des Täters
- Hinweise auf Anzahl der Täter

Einmal war Rechtsmediziner Dr. Arndt mit einem Obduktionsergebnis gekommen, das niemanden zufrieden stellen konnte. „Der Tote müsste eigentlich noch leben", hatte Dr. Arndt gesagt und erklärt, dass er trotz seiner wie immer gründlichen Untersuchung keine Todesursache gefunden hatte. Aber solche Ergebnisse waren eher die große Ausnahme.

Im Fall Sandra Töllner konnte der Rechtsmediziner ziemlich genau sagen, was der Neunjährigen geschehen war. Dr. Arndt diktierte nach Beendigung der Obduktion noch einige Worte in sein Diktiergerät und wandte sich dann dem Kriminalbeamten zu: „Ja, Herr Landau, das Ergebnis ist eindeutig. Das Mädchen ist erdrosselt worden. Die Drosselmarke verläuft horizontal um den Hals, als Drosselwerkzeug kommt wahrscheinlich ein Kleidungstück infrage. Wir haben in der Strangulationsfurche weiße und blaue Wollfasern gesichert."

Hans Gerlach, der als Spurensicherungsbeamter ebenfalls bei der Obduktion dabei war und bisher ohne Worte seine Fotoaufnahmen von der Kindesleiche und weitere Spurensicherungen gemacht hatte, meldete sich zu Wort. „Dann ist die Lütte wohl mit ihrem eigenen Ringelpulli erdrosselt worden. Den haben wir an einem Weg bei Hohenfelde gefunden."

„Das ist sehr gut möglich. Dann ist der Pulli ja ein wichtiger Träger von Spuren, sehr wahrscheinlich auch mit Spuren vom Täter", dozierte Dr. Arndt und setzte seine Ausführung zum Obduktionsergebnis fort. "Unterblutungen in der Mundschleimhaut und in den Augenbindehäuten weisen weiter auf Tod durch Erdrosseln hin. Ferner habe ich eine Fraktur des Kehlkopfes festgestellt. Abwehr-verletzungen sind nicht vorhanden. Allerdings ist der Brustkorb des Kindes verletzt, drei Rippen sind gebrochen, es könnte sein, dass der Täter während der Tat auf seinem Opfer gekniet hat. Die Leichenstarre war voll ausgeprägt, die Leichentemperatur betrug 25°, kein Mageninhalt. Das tote Kind ist gegen 08.00 Uhr heute gefunden worden, die Messung der Leichentemperatur erfolgte eine Stunde später. Als groben Richtwert für den Todeszeitpunkt unter Berücksichtigung der milden nächtlichen Temperaturen möchte ich die Zeit um Mitternacht plus minus zwei Stunden nennen."

Christian Landau machte sich während der Ausführungen Dr. Arndts seine Notizen. Nur ganz kurz kam ihm der Gedanke, dass er in der Zeit, als Sandra sterben musste, mit ihren verzweifelten Eltern gemeinsam noch die Hoffnung am Leben gehalten hatte, dass sie ihre Eltern wiedersehen könnte. Er wusste genau, dass er diesen Gedanken mit in seine eigene Zukunft nehmen würde, das Wissen darum hatte schon jetzt Spuren in seinem Inneren gezeichnet, genauso, wie es andere von ihm zu bearbeitende Fälle auch getan haben.

*

„Na, Christian, du bist doch bestimmt ganz schön müde, oder?" Diese Worte von Udo Lorenz waren die Einleitung zur Spätbesprechung der Mordkommission an diesem Tag.
„Ach, geht so", meinte Landau. Man sah ihm aber an, dass er schon weit über dreißig Stunden auf den Beinen war. Sein Gesicht war blass, er war unrasiert. Dann erzählte er das vorläufige Ergebnis der Obduktion und beendete seinen Bericht mit der Feststellung, dass die kleine Sandra, die am Vortag über viele Stunden in der Gewalt des unbekannten Entführers gewesen war, nach Aussage Dr. Arndt sehr wahrscheinlich nicht sexuell missbraucht worden sei. „Es fanden sich keine Spuren dafür, obwohl ein solches Verbrechen naheliegt", sagte er und ergänzte: „Wir haben nur die Entführung und die Tötung. Mehr wissen wir nicht."
Ratlosigkeit machte sich in seinem Gesicht breit. „Was ist das denn für ein Täter? Welches Motiv hat er?"
Udo Lorenz hatte keine Antwort darauf. Sein Blick wanderte zu Manfred Buck und Gunter Zeidler. „Wie sieht

es mit unserem Verdächtigen aus? Hat sich mit Achim Schenck was ergeben?"

„Nee, Chef, der bleibt dabei, nichts mit der Lütten gemacht zu haben. Wir haben ihm ordentlich Zunder gegeben, aber er bleibt bei seiner Aussage. Weil wir keine Beweise gegen ihn gefunden haben, sondern nur Indizien, musste er wieder aus dem Gewahrsam entlassen werden." Die Worte von Manfred Buck klangen kleinlaut, er hatte sich mehr von der Festnahme des Schenck versprochen, hatte gedacht, dass der Verdächtige sich durch eine solche Maßnahme beeindrucken lassen würde.

„Naja", urteilte Udo Lorenz, „das war ja sowieso etwas dünn mit der Festnahme." Und dann wurde Lorenz sehr ernst. „Ich möchte, dass eine solche Maßnahme mit mir abgesprochen wird, damit ich den Sachverhalt mit Staatsanwalt Lautenberger erörtern kann. Das heute mit dem Schenck, das war unprofessionell. Sowas gab's in den Fünfzigern und Sechzigern. Das heute war keine vorläufige Festnahme, das war eine Gefangennahme, Manfred."

Manfred Buck wollte zunächst etwas erwidern, merkte jedoch noch rechtzeitig, dass Hauptkommissar Lorenz in einem Ton gesprochen hatte, der einen Widerspruch und eine Diskussion keinesfalls duldete.

Christian Landau konnte sich ein Bild machen, was Lorenz mit dem Hinweis auf die Fünfziger und Sechziger meinte. In den Archivakten des 1. K aus dieser Zeit waren genügend Beispiele davon nachzulesen, wie die Polizei damals mit Mordverdächtigen umgegangen war. Landau hatte diese Akten alle gelesen und wusste, dass ein Grund zur Festnahme sich manchmal aus der Behauptung ergeben hatte, dass das Maß voll sei. In zusammenfassenden Berichten fanden sich zum Beispiel rein subjektive Feststellungen der Ermittler, wie „der Verdächtige hat einen schlechten Charakter" oder „er wird keinen festen Wohnsitz mehr haben, wenn sein Vermieter erfährt, was ihm vorgeworfen wird". Dabei war es dann der Ermittler selbst, der den Verdächtigen bei seinem Vermieter oder bei seinem Arbeitgeber entsprechend madig gemacht hatte.

Die Zeiten hatten sich Gott sei Dank gewandelt, und Udo Lorenz achtete sehr darauf, dass solche Rückfälle in die alten Hau-Ruck-Ermittlungen nicht mehr stattfanden. Allerdings Männer wie Manfred Buck und Gunter Zeidler davon zu überzeugen, war auch für einen Chef wie Lorenz fast unmöglich. Seine Ansprache an Buck war daher entsprechend deutlich.

Um in der Spätbesprechung fortzufahren, wandte er sich nun Claudia Kaufman zu, die sämtliche Ermittlungsaufträge im Laufe des Tages zu Papier gebracht hatte. „Wieviel Spuren haben wir denn bis jetzt?"

Claudia schlug einen großen Leitz-Ordner vor sich auf dem Tisch auf und blickte auf die von ihr zuletzt eingeheftete Ermittlungsspur. „Genau dreißig sind es schon". Sie schaute dabei in die Runde der gut zwanzig Ermittler starken Mordkommission und ergänzte: „Aber es werden sicher noch viel mehr."

Ihr Chef Lorenz nickte dazu. „In einem Fall wie diesem ist das mit Sicherheit so, da kommt noch eine Menge Arbeit auf uns zu".

Mittwoch, 5. August 1987

Bestatter Heinz Mager hatte sich morgens schon früh auf den Weg nach Klosterhausen gemacht. Susanne und Thomas Töllner hatten ihn gefragt, ob er sich um ihre Sandra kümmern könnte. Die Eltern wollten ihr Kind noch einmal sehen. Nachdem Rechtsmediziner Dr. Arndt seine Untersuchungen tags zuvor beendet und Staatsanwalt Lautenberger keine Einwände gegen eine Freigabe der beschlagnahmten Kindesleiche hatte, wollte Mager den Wunsch der Eltern so schnell wie möglich erfüllen. Im Raum des Abschieds des Krankenhauses Klosterhausen stand der weiße Sarg an der Stirnseite des in gedeckten Farben gehaltenen schlichten Raumes auf einem mit einem blauen Tuch bedeckten Sargwagen. An der Stirnwand ein sandfarbenes, kreisrundes, cirka einen Meter großes Labyrinth-Bild, darunter der Novalis-Spruch: **„Wohin führt der Weg? Immer nach Hause."** An beiden Seiten des Sarges je ein großer Kerzenständer mit einer weißen Kerze. Rechts daneben zwei beigefarbene hölzerne Sessel.

Heinz Mager war noch morgens bei den Eltern gewesen und hatte dort die Kleidung abgeholt, die er Sandra anziehen sollte. Jetzt lag das Kind in seinem festlichen rosa Kleid und den weißen Kniestrümpfen in dem Kindersarg, den Kopf auf einem weißen Kissen mit rosa Laternen gebettet. Gemeinsam mit dem Pathologieangestellten des Krankenhauses war es Mager gelungen, die Leiche des Mädchens aussehen zu lassen, als ob es gerade friedlich schlafe. Das sorgfältig gekämmte lange blonde Haar verdeckte den darunter liegenden Schnitt der Obduktion, das Kleid die Naht an Brust und Bauch. Spuren der Tat am Hals hatte Bestatter Mager mit spezieller Leichenkosmetik verdeckt.

Gegen Mittag erschienen die Eltern. Pastor Wiehen begleitete sie. Er hatte das richtige Gespür dafür, dass er den beiden jetzt bei diesem schweren Gang beistehen musste. Gemeinsam beteten sie am offenen Kindersarg.

*

Der Tag war nicht erfolgreich. Die Mordkommission arbeitete auf Hochtouren. Eine Spur nach der anderen wurde intensiv geprüft.

So wurde HaPe Gniffel noch einmal aufgesucht und von Harry Wetzlar und Hermann Andresen intensiv befragt, wie die beiden Oldies ihre strenge Vernehmungsmethode selbst nannten. Sie fühlten dem geistig behinderten landwirtschaftlichen Helfer des angesehenen Landwirtes Ludwig

Küter heftig auf den Zahn. Das von Küter bereits genannte Alibi ließen beide Ermittler außen vor. Küter könnte sich ja auch geirrt haben, meinte Hermann Andresen lapidar und piesackte den armen HaPe so sehr, dass dieser sichtbar schwitzte.

„Warum hast du dich denn gestern zunächst versteckt, wenn du mit der Sache nichts zu tun hast?" bohrte Andresen und Wetzlar ergänzte: „Kannst du ruhig sagen. Dir passiert ja nichts. Du kommst nicht mal ins Gefängnis, wenn du uns alles sagst."

„Hab' nichts gemacht", jaulte HaPe auf, schlug sich die Hände vors Gesicht und jammerte leise vor sich hin.

„Siehst du, dein schlechtes Gewissen meldet sich jetzt", folgerte Harry Wetzlar in leicht pastoraler Art.

Die Einvernahme des jungen Mannes fand in dessen Zimmer, das vom Wohnbereich des Bauernhofes getrennt links am großen Kälberstall angebaut war, statt. Die Beamten hatten ihr Erscheinen nicht bei Landwirt Küter gemeldet und sich unverzüglich mit HaPe, der gerade über den Hof gelaufen war, in dessen Zimmer begeben.

„Erzähl' doch einfach mal, was du mit der Kleinen gemacht hast", forderte Wetzlar. „Kannst du ruhig machen. Glaub' mir, du fühlst dich dann besser."

Während Wetzlar den netten Beamten spielte, donnerte Andresen dazwischen. „Los, raus mit der Sprache, oder soll ich mal richtig böse werden?" Andresen ballte seine rechte Faust und hielt sie HaPe unter die Nase. Dieser zog ängstlich seinen Kopf zurück und fing an zu weinen.

„Was ist hier los?" Ludwig Küter war von den Beamten unbemerkt in das Zimmer gekommen und war überrascht. „Das gibt's doch gar nicht", schimpfte er. „Sie hatten den armen Bengel doch gestern schon in der Mangel. Was soll das denn heute noch?"

Harry Wetzlar antwortete mit dem Standardsatz eines Ermittlers. „Da waren noch einige Widersprüche zu klären. Deshalb reden wir noch einmal mit HaPe."

„Kann ich mir gar nicht vorstellen", erwiderte Küter mit ernstem Gesicht. „Er war doch den gesamten Tag über hier. Glauben sie mir etwa nicht?"

Wetzlar erkannte, dass er eher keine Argumente für die erneute Befragung des jungen Mannes hatte und lenkte ein. „Das hat sich aber nun geklärt, HaPe war wohl tatsächlich nicht unterwegs. Wir wollten gerade eben gehen."

„Dann ist ja gut." Küter war immer noch aufgebracht. „Und wenn sie meinen Hof noch einmal betreten, dann melden sie sich bei mir." Das letzte Wort seiner Aufforderung sprach er laut und besonders deutlich aus und tippte sich mit seinem linken Zeigefinger auf seine Brust.

Ohne weitere Worte verließen Wetzlar und Andresen die Kammer. Sie schauten nicht einmal mehr auf HaPe Gniffel, der immer noch weinend auf seinem Stuhl saß und nicht begreifen konnte, warum er so heftig angegangen worden war.

*

„Aufmachen! Polizei!" Manfred Buck hämmerte mit beiden Fäusten gegen die schäbige Eingangstür des Anbaus Eichenweg 12. Eine Gardine am Wohnzimmerfenster des Haupthauses bewegte sich. Jemand beobachtete unbemerkt das Treiben an der Tür des Untermieters.

Die Klingel am Anbau hatte Kriminalhauptmeister Zeidler zuvor vergeblich gedrückt, sie war abgestellt. Als sich die Tür langsam öffnete, stellte Buck seinen Fuß unverzüglich in den Flur. Er wollte von vornherein verhindern, dass der verstört dreinschauende Türke Mehmet Orhan die Tür wieder zuschlägt. „Du weißt schon, warum wir kommen?", begann Buck das Gespräch vor der Tür. Ihm war dieser billige Überrumpelungsversuch überhaupt nicht peinlich, und die Ansage seines Chefs Lorenz vom Vorabend hatte er sofort wieder verdrängt.

Mehmet Orhan war offensichtlich gerade aus dem Bett gekommen, stand in Unterhose und Unterhemd vor den Kripomännern. Buck drängte ihn in die Wohnung zurück.

Orhan ließ es geschehen. Er griff nach seiner schwarzen Cordhose, die über dem Stuhl am Esstisch hing, und zog sie sich über. Dabei blickte er fassungslos in die Gesichter der beiden Kriminalbeamten, die jede seiner Bewegung wortlos beobachteten. Der vierzig Jahre alte Wohnungsinhaber nahm sich auch noch sein grauweißes Baumwollhemd vom Stuhl und zog es an.

„Na, machst du dich schon fertig, damit wir dich mitnehmen können?" Gunter Zeidler passte sich den ungehobelten Worten seinen Partners Buck an. Auch er duzte den Mann, den er zuvor noch nie gesehen oder sonst irgendwie Kontakt gehabt hatte und meinte wohl damit, dass er damit besonders mächtig wirken und etwaiges Aufbegehren unterbinden könnte. Sowohl Buck als auch Zeidler ignorierten, dass sie mit ihrem Auftreten lediglich Ängste schürten. So war es bei Mehmet Orhan auch. Er schwieg und wartete ab, was die Beamten von ihm wollten.

„Wo warst du vorgestern?" Von oben herab wirkte diese Frage von Manfred Buck. Und bedrohlich zudem.

„Ich? Vorgestern?" Orhan war unsicher, aber er antwortete relativ schnell. „Vorgestern war ich auf Arbeit." Sein Deutsch war zur Überraschung der beiden Kripo-Leute nahezu perfekt. Eigentlich kein Wunder, da er bereits fast zwanzig Jahre in Deutschland lebte und sich intensiv darum bemüht hatte, die Sprache zu lernen.

Buck hakte nach: „Welche Arbeit?"

„Ich bin Lokführer bei der AKN. Vorgestern wie immer Linie 3, Elmshorn – Barmstedt – Hennstedt Süd."

Buck war beeindruckt. Er wollte mehr wissen, vermied jetzt aber das plumpe Duzen. „Von wann bis wann?"

„Arbeitsbeginn um 05.30 Uhr in Altona, Arbeitsende um 14.30 Uhr in Altona."

„Und das können wir überprüfen?"

„Klar, habe Zeiterfassung am Bahnhof Altona. Kein Problem. Können Sie prüfen. Alles korrekt erfasst."

„Und gestern?"

„Spätschicht. Feierabend erst nachts um 01.00 Uhr."

Buck wechselte das Thema. „Wir wollen die Bilder sehen, die auf dem Tisch lagen, als die Postbotin hier war."

„Welche Bilder?"

„Da waren Fotos mit Kindern drauf, sagte die Postbotin."

„Ah", nickte Mehmet Orhan, „ich weiß. Das sind Fotos von meinen Neffen und Nichten in der Türkei. Hier, ich kann alle zeigen." Der Türke drehte sich zum Wandregal und zog einen Karton heraus, in dem sich eine Vielzahl von Fotos befand, auf denen Kinder abgebildet waren. Es waren offensichtlich Ausländerkinder. „Ich war im Mai bei meiner Familie in Ankara und habe die Fotos selbst gemacht."

Buck und Zeidler begutachteten die Aufnahmen und fanden die Erklärung Orhans schlüssig. Sie hatten keine weiteren Fragen. „Gut, dann war's das erstmal für heute. Falls etwas nicht stimmt, dann sind wir sofort wieder da. Alles klar? Komm Gunter wir sind hier fertig." Manfred Buck wandte sich seinem Kollegen zu und verließ mit ihm zusammen Orhan's Wohnung. Der wusste auch jetzt noch nicht, was die beiden Kripo-Männer überhaupt von ihm wollten.

Beim Verlassen des Grundstücks wurden die Polizisten wieder durch die Wohnzimmergardine am Haupthaus beobachtet.

*

In seinen langen Gesprächen mit dem Ehepaar Töllner hatte sich Christian Landau ganz viele Notizen gemacht. So auch über die Namen der Gäste, die in den letzten Jahren auf dem Töllner-Hof ihren Urlaub verbracht hatten. Es waren gut siebzig verschiedene Namen, die Anschriften waren über das gesamte Gebiet der Bundesrepublik Deutschland verteilt. Auffällig war, dass die Namen fast jedes Jahr in der Gästeliste Töllners auftauchten. Stammgäste waren es, die der Töllner-Hof fast ausschließlich beherbergte. Zufriedene Gäste, denn sonst wären sie im Laufe der Jahre nicht zu Stammgästen geworden. Meistens Familien mit Kindern, aber auch Ehepaare in gesetzterem Alter. Einzelgäste ganz selten. Zu den Namen hatte sich Landau dann die Angaben der Vermieter über ihre Gäste gemacht. Zum Beispiel, dass das Ehepaar Seeger mit seiner Tochter Anja als letzte Gäste vor dem 3. August nach Hause abgereist war und dass Anja mit Sandra Töllner befreundet war.

Aus all diesen Daten machte Landau mit der Angestellten Claudia Kaufmann zusammen Ermittlungsspuren. Die neuen Daten wurden zunächst büromäßig aufbereitet. Das bedeutete, sie wurden durch Behördenabfragen ergänzt und dann nach polizeilichen Erkenntnissen geprüft. Diese büromäßige Abklärung ergab erwartungsgemäß kaum Erkenntnisse von Bedeutung für die Bearbeitung des Mordes an Sandra Töllner. Doch bei der routinemäßigen Abfrage eines Einzelgastes aus Husum stockte Landau der Atem. Dreiundvierzig Jahre alt war der Mann, der im Sommer 1985 Urlaub auf dem Bansdorfer Bauernhof gemacht hatte. Die polizeiliche Erkenntnisdatei spuckte ein höchst verdächtiges Geheimnis aus.

„Donnerwetter, ein Kinderschänder", sagte Landau, als er den Datenauszug näher studiert hatte.

„Ich frage bei der Kripo Husum nach, was in seiner Kriminalakte steht", erklärte Claudia Kaufmann.

„Ja, das ist gut. Der Mann heißt Thilo Jasper. Hier sind seine Daten. Landau reichte Claudia den Zettel mit den Personalien des interessanten Urlaubers rüber."

Es dauerte nur wenige Minuten, da konnte Claudia die Husumer Erkenntnisse mitteilen „Jasper hat bis zum Frühjahr 1985 mit seiner damaligen Freundin und deren fünfjähriger Tochter zusammen gelebt. Die Freundin zeigte Jasper an, weil der die Tochter mehrfach in Abwesenheit der Mutter ausgezogen und nackt in der Wohnung spielen lassen haben soll. Jasper hat das immer abgestritten."

„Und was ist aus dem Fall geworden?" Landau ahnte schon, was kommen würde.

„Ja, die Kleine ist nicht so befragt worden, wie es für ein späteres Gerichtsverfahren erforderlich gewesen wäre. Eine kindgerechte polizeiliche Befragung erfolgte erst mehrere Tage nach der Anzeigenerstattung, da hatten schon mehrere Polizeibeamte mit dem Opfer Kontakt gehabt und über die Taten gesprochen. Auch die Mutter selbst soll ihr Kind mehrfach dazu gefragt haben."

„Also Einstellung des Verfahrens?"

„Ja, so ist es gewesen. Die Staatsanwaltschaft wollte keinen Prozess riskieren, der mit großer Wahrscheinlich wegen der besonderen Ermittlungsumstände den Bach runtergegangen wäre", antwortete Claudia resigniert.

„Das ist bitter", meinte Landau. „ Aber so ist das nun mal in einem Rechtsstaat. Die Unschuldsvermutung gilt."

„Ja, aber wenn der Jasper tatsächlich ein Kinderschänder ist, dann darf der doch nicht so davonkommen", brummte Claudia Kaufmann empört.

„Und wenn nicht, dann hat er ganz schön was mitgemacht", ergänzte Landau. „Der Mann muss aber überprüft werden. Was wollte der Typ nach der Trennung von der Freundin allein auf dem Töllner-Hof?"

Noch am Nachmittag fuhr Landau mit einem Praktikanten der Verwaltungsfachhochschule Altenholz, der sein Hauptpraktikum bei der Kripo Klosterhausen absolvierte, nach Husum, um die Jasper-Spur anzugehen. Kai Mütze, so hieß der Begleiter Landaus, war ganz aufgeregt. Alles war neu und spannend für den Berufsanfänger, und jetzt in der Mordkommission besonders. Landau kannte das. Die ersten Schritte eines Praktikanten bei der Kripo waren seiner Meinung nach sehr wichtig, und daher kümmerte Landau sich gern um die Neuen, auch wenn sie eigentlich bei der Arbeit hinderlich waren. Aber es handelte sich um Kollegen, mit denen man auch nach deren Ausbildung zusammen arbeiten wollte, daher mussten die Grundlagen ordentlich gelegt werden. Landau hatte noch miterleben müssen, wie seine eigene Ausbildung bei der Kieler Kripo von vielen gestandenen Beamten als Belastung für die eigene Arbeit gesehen wurde. Von einigen Chefs wurde noch das gefürchtete Führen durch Erschrecken praktiziert. So mancher Kriminalanwärter hatte die offensichtlichen charakterlichen Mängel der Alten auszubaden. So war es einem Anwärter damals nicht erlaubt, sich etwa bei der Frühbesprechung der Gesamtdienststelle hinzusetzen. Der Anwärter hatte in der letzten Reihe einen Stehplatz einzunehmen und nur zu reden, wenn er vom Chef dazu aufgefordert worden war. Auch war nicht erwünscht, wenn der Anwärter seine Ermittlungsberichte einer Schreibkraft diktieren wollte. Der Anwärter hatte selber zu tippen. Landau erinnerte die Kieler Zeit als Härtetest vor allem in menschlicher Hinsicht. Diese Zeit ließ ihn von Anfang an das Handeln und Wirken von Vorgesetzten mit einem kritischen Auge betrachten. Mit seinem jetzigen Chef Lorenz hatte er allerdings ein gutes Los gezogen. Lorenz war einer mit natürlicher Autorität und sehr menschlichen Zügen, was in Lorenz Generation nicht selbstverständlich war.

Während der Fahrt nach Husum erläuterte Landau dem Praktikanten, wie er sich die Überprüfung des Thilo Jasper vorstellte. „Wir müssen darauf bedacht sein, nachprüfbare Fakten zu erhalten. Das gilt insbesondere für ein von Jasper vorgebrachtes Alibi."

„Das ist einfach", fand Praktikant Mütze. „Dann fragen wir ihn doch gleich zuerst, was er Montagmittag gemacht hat."

„So einfach ist das nicht", sagte Landau. „Durch die Presse weiß Jasper, welche Zeit bedeutsam ist. Besser wäre es, wenn wir ihn erstmal frei schildern lassen, was er in den letzten Tagen gemacht hat. Die freie Schilderung sollte immer am Anfang einer Befragung oder Vernehmung stehen. Dann verfeinert man durch offene Fragen, dann kommen geschlossene Fragen und zum Schluss, wenn es nötig ist und passt, werden Vorhalte gemacht."

„Oh", wunderte sich Kai Mütze, „ich dachte, dass man auch ruhig laut werden soll und schimpfen darf. Sonst denkt der Befragte doch, alles ist nur eine Spielerei."

„Kann man so sehen. Meine Erfahrung ist aber, dass es sich in einer angenehmen Atmosphäre besser redet. Wenn man laut poltert, schimpft und den Obermacker herauskehrt, dann ist es schnell so, dass niemand mehr etwas sagt. Da ist es besser, das Gespräch am Laufen zu halten. So kommt man an Fakten, die hoffentlich auch zu überprüfen sind."

Kai Mütze blickte auf und kommentierte: „ Ist eigentlich ganz logisch, habe ich aber so noch nicht gesehen."

Landau hatte mit Mütze vereinbart, dass beide sich duzen.

„Tja Kai, das war mal eben ein kleiner Exkurs in Vernehmungslehre. Ich finde, Worte sind die wichtigsten Instrumente eines Kriminalbeamten. Und auf denen sollte jeder Ermittler richtig spielen können."

Mütze nickte beeindruckt. Es machte einen Unterschied, ob kriminalistisches Wissen aus Lehrbüchern in der Theorie vermittelt wird oder ein Praktiker die Realität beschreibt.

Die Wohnung Jaspers war in einem Mehrfamilienhaus in der Nähe der Deichstraße. Bevor Landau von der Deichstraße abbog, hielt er zu Mützes Verwunderung auf einem Parkplatz am Hafen. Er blickte auf das dort befindliche Fischhaus und schwärmte: „Hier bin ich noch niemals vorbei gekommen, ohne mir ein Krabbenbrötchen zu gönnen. Hier gibt's die besten Krabbenbrötchen der Welt. Mittag ist schon vorbei, lass uns eins genießen."

Kai Mütze war sofort überzeugt, zumal Landau ihn dazu eingeladen hatte. Anschließend klingelten sie an der Wohnungstür des Thilo Jasper, der ganz in der Nähe des Fischhauses in einer Zweizimmerwohnung lebte. Es dauerte einige Augenblicke, bis ein Mann öffnete, der an einer Krücke ging und die beiden Besucher unfreundlich ansah.

„Guten Tag", grüßte Christian Landau", wir sind von der Kriminalpolizei. Sind sie Herr Jasper?"

„Ja, und? Was gibt's?" Jaspers Gesichtszüge wurden noch unfreundlicher. Er war unrasiert, sein dunkles Haar wohl tagelang nicht gewaschen und fettig, seine Jeans und sein blaues Hemd fleckig und schmuddelig.

Landau stellte sich vor und erklärte, warum Jasper aufgesucht würde. Der reagierte wütend und ungehalten. „Was soll das? Die Sache damals hat meine Ex angezettelt. Ich habe nichts gemacht. Die Sache ist eingestellt worden. Aber wenn man bei euch einmal notiert ist, dann taucht ihr wegen jeder kleinen Geschichte bei mir auf."

„Nun, das ist keine kleine Geschichte. Hier geht es um Mord. Kindesmord, Herr Jasper. Und wenn sie uns erzählen, was sie von Sonntag bis gestern gemacht haben, dann sind wir auch ganz schnell wieder weg." Landaus Worte waren freundlich, aber bestimmt. Thilo Jasper hielt einen Augenblick inne, dachte nach und räusperte sich.

„Kindesmord? Wo ist das passiert? Ich habe nichts gehört?"

„In der Nähe von Klosterhausen ist das passiert. Genau gesagt in Bansdorf. Sind sie da schon mal gewesen?

„In Bansdorf? Nee." Jasper schüttelte den Kopf. Dann stutzte er. „Halt. Doch. Da war ich mal. Das ist aber zwei Jahre her. Auf einem Bauernhof war das. Stimmt. Da war ich ganz alleine, musste meinen Kopf frei kriegen von all dem Scheiß mit meiner Freundin."

„Und genau auf dem Bauernhof ist das passiert. Ein kleines Mädchen ist nun tot. Ermordet."

Jasper verzog sein Gesicht. „Da war so eine Lütte auf dem Hof. Und die ist tot?"

Landau nickte. „Und deshalb überprüfen wir auch alle Gäste des Hofes. Und deshalb kommen wir heute zu ihnen. Wollen sie erzählen, was sie von Sonntag bis gestern gemacht haben?

Thilo Jasper nickte. „Das ist schnell erzählt. Ich war hier. Hier zu Hause. Ich hatte in der letzten Woche Pech und bin am Hafen umgeknickt. Hier sehen sie mal." Jasper schob sein linkes Hosenbein hoch. „Ganz dick der Knöchel. Und tut höllisch weh. Deshalb gehe ich am Stock. Ich kann auch nicht zu meiner Arbeit beim Husumer Fischmarkt. Mein Arzt hat mir bis zum Ende der Woche einen gelben Zettel ausgestellt. Ich war zu Hause und bin froh, dass ich nicht unterwegs sein muss." Landau nickte freundlich. „Das wäre es auch schon fast. Nur zwei Dinge noch. Wer kann das bestätigen? Und haben sie ein Auto?" Jasper kratzte sich intensiv am Hinterkopf. „Ich wohne hier allein. Bestätigen kann wohl keiner meine Angaben. Die Nachbarn sind Ausländer, wir haben keinen Kontakt. Und ein Auto habe ich, einen grauen Ford Fiesta. Uralt die Karre. Die ist seit über einer Woche in der Werkstatt wegen TÜV und so." ´

Landau notierte sich noch den Namen des Arztes, die Anschrift des Arbeitgebers und die der Autowerkstatt und signalisierte seinem Praktikanten Aufbruch. „Okay Herr Jasper, das wär's schon. Vielen Dank für die Auskünfte. Auf Wiedersehen."

*

Langsam fuhr der Wagen an dem Parkplatz zwischen Bansdorf und Klosterhausen vorbei. Weiß-rotes Flatterband mit der schwarzen Aufschrift „Polizeiabsperrung" im hinteren Bereich des Platzes bei den Holunderbüschen waren die Reste der akribischen Arbeit der Spurensicherer am Vortag. Der Fahrer des hellen Mercedes 280TE schaute während der Fahrt auf den leeren Parkplatz. Er hatte es zwar in den Welle-Nord-Nachrichten bereits gehört, wollte aber selbst nachsehen. „Dann haben sie sie tatsächlich gefunden", sagte er leise zu sich selbst und strich seine feuchten Handflächen abwechselnd über seinen blauen Arbeitsanzug, den er immer trug. wenn er in seinem 185 PS starken Kombi unterwegs war. Dann beschleunigte er seinen 123er Mercedes. Wenige Minuten vorher war er auf der A23 bei Hohenfelde gewesen und nur kurz über den Rastplatz gefahren, in den ein Feldweg mündete. Dabei überkam ihn die Erinnerung an das Gefühl, das er spürte, als er mit der Kleinen aus Bansdorf am Dienstagnachmittag dort gewesen war. Die Erinnerung daran war für den Mann fast so, wie wenn alles gerade wieder geschehen würde. Die großen, weiten Augen der Kleinen, ihre wahnsinnige sichtbare Angst vor dem, was er ihr antun würde und seine Fähigkeit und Macht, alles sofort, einige Augenblicke später, einige Stunden später oder auch gar nicht zu beenden. Lange hatte er das Mädchen malträtiert, ihm zunächst den Mund zugehalten, als es anfing zu schreien. Dann wieder atmen lassen und gesagt: „Alles nicht schlimm, Kleine. Morgen bist du wieder zu Hause." Und dann dem Kind den Pullover ausgezogen und die Ärmel um den schmalen Hals gelegt und zugezogen. Und wieder gelöst bis die Kleine atmete. Und erneut zugezogen. Und immer wieder. Und dann endgültig. Ein überwältigendes Gefühl! Wie acht Jahre zuvor, als er sich an einem Sommerabend im Sachsenwald dem blauen Mercedes näherte, der gut fünfzig Meter von der Bundesstraße entfernt in einem Waldweg stand. Der Mann und die Frau in dem Wagen bemerkten ihn nicht, als er sich bis an die Fahrertür schlich, beide waren zu sehr mit sich selbst beschäftigt und erstarrten, als er seine Walther P 1 durch das geöffnete Seitenfenster ins Wageninnere hielt. Er zielte auf den Kopf des Mannes und drückte ab. Die Frau sah den Schützen an der Fahrertür flehend an, und der genoss es, die Panik in den Augen der Frau zu sehen. Ihr Gesicht war mit Blutspritzern übersäht, Blut des Toten neben ihr. War es etwas wie Entspannung im Gesicht der Frau, als der Mörder seine Waffe nur wenige Zentimeter zurück zog? Und als er sie wieder ins Wageninnere hielt und auf den Kopf der Frau zielte, wurde die panische Reaktion stärker. Zunächst wimmerte die Frau, dann sah sie ihn nur noch mit weit geöffneten Augen an, rührte sich keinen Zentimeter. Fünfmal wiederholte er dieses grausame Spiel innerhalb der nächsten Minuten. Und fühlte sich dabei so, als ginge gerade ein lang gehegter Lebenswunsch in Erfüllung. Dieses Wahnsinnsgefühl, das Spiel völlig in der Hand zu haben, und zwar bis zum Ende. Und das würde er bestimmen, nur er und sonst niemand. Als er dann schoss, da blitzte dieses Hochgefühl noch einmal auf. Stark wie noch nie zuvor. Überhaupt kein Vergleich mit sexuellen Erlebnissen in seinem Leben, dies war mehr, viel mehr, viel intensiver, einfach unvergesslich. In den acht Jahren seitdem war kaum ein Tag vergangen, an dem er nicht an dieses Erlebnis im Sachsenwald denken musste. Oft, sehr oft hatte er sich vorgestellt, wieder diese einzigartige Situation auskosten zu können. Aber es sollte dieses Mal länger dauern, er wollte länger davon guthaben. Die Stunden mit der Kleinen aus Bansdorf hatten ihm dann genau das gegeben, wonach er sich seit Jahren so gesehnt hatte.

Erstmalig hatte er das Verlangen als Zehnjähriger bemerkt. Der Hamster seiner Mutter war es, der ihn inspirierte. Fast zärtlich hatte er das Nagetier mit der einen Hand aus dem Käfig gehoben, um ihm dann mit der anderen eine kurz zuvor aus Paketband gebundene Schlinge um den Hals zu legen und zuzuziehen. Das anfängliche Zappeln des Tieres machte etwas mit ihm, Er spürte förmlich, dass er über Leben und Tod entscheiden konnte. Das freute ihn. Das macht ihn sehr zufrieden. Wie eine Katze mit der gerade gefangenen Maus spielte, so lockerte er immer wieder die Schlinge und zog sie kurz darauf wieder zu. Er zitterte heftig vor Gier, als er letztendlich beobachten konnte, dass das kleine Tier sich nicht mehr rührte, weil er die Schlinge zu stark zugezogen hatte und nicht mehr lösen wollte. Einige Wochen später war es Purzel, der dunkelbraune Langhaardackel aus der Nachbarschaft gewesen, der in den Büschen an der Grundstücksgrenze herumstromerte. Von seinem Zimmerfenster aus hatte er den Rüden eine Zeit lang beobachtet und war mit einem Stück Wäscheleine zu dem Tier gelaufen, das auch zutraulich auf ihn zukam. Der

Dackel erlitt das gleiche Schicksal wie der Hamster, nur dass es ungleich schwieriger war für den Jungen, den Hund, der sich heftig wehrte, unter Kontrolle zu bringen. Mehrfach verbiss sich die arme Kreatur in die Wäscheleine, als die Schlinge gelockert worden war. Für den jungen Tierquäler und -mörder war das jedoch noch mehr Ansporn, seinen Plan gewissenlos und brutal umzusetzen. Der Dackel Purzel musste sterben, es dauerte gut eine halbe Stunde bis es soweit war. Dabei hatte sich der Junge prächtig gefühlt. Und danach sehnte er sich immer wieder, jahrzehntelang.

Sonnabend, 8. August 1987

„Die haben gestern gar nicht angerufen", klagte Susanne Töllner. Thomas nickte stumm. Die Eltern der ermordeten Sandra saßen am Frühstückstisch. Thomas hatte seine Frau nur einmal gefragt, warum sie den Tisch auch für Sandra gedeckt hatte. Am Mittwoch war das, einen Tag, nachdem die Eltern Gewissheit hatten, dass sie ihre Tochter niemals lebend wiedersehen würden. Seitdem stellte Susanne bei jeder Mahlzeit ein Gedeck für die Tochter mit auf den Tisch. Sie hatte Thomas wegen seiner Frage nur verzweifelt in die Augen gesehen und geschluchzt: „Sandra ist doch immer bei uns." Thomas musste darauf heftig weinen.
An diesem Samstagmorgen konnten die verwaisten Eltern wie in den Tagen zuvor kaum einen Bissen runterkriegen. Nach der Nacht, in der beide wieder so gut wie gar nicht schlafen konnten, weil die Gedanken um das tote Kind es nicht zuließen, war morgens gleich die grausame Realität wieder da. **Sandra ist tot!**
„Ja, die haben gestern gar nicht angerufen." Thomas wiederholte monoton den Satz, den seine Frau gerade gesagt hatte. „Dann gibt es bestimmt nichts Neues."
„Oder die haben ihn und sagen uns nichts, weil er Sandra so viel Schlimmes angetan hat", rätselte Susanne. Ihre Stimme wurde brüchig, sie weinte. Thomas legte seine rechte Hand

auf ihre linke. „Nein", schluchzte er, „die hätten uns gesagt, wenn sie ihn haben. Glaub' mir."

*

Wenn eine Mordkommission an einem aktuellen Fall arbeitet, dann gibt es kein freies Wochenende. So auch in Klosterhausen. Rund zwanzig Ermittler waren in der „MK Mühlenweg", wie die offizielle Bezeichnung nun lautete. Diese erste Woche hatte viele Informationen gebracht. Genaue Fakten über die Umstände des Todes von Sandra Töllner, den Ablauf des Verbrechens und den Zeitpunkt des Todes – und über das wahrscheinliche Tatwerkzeug: Sandras blauweißen Ringelpulli.

Gut sechzig Ermittlungsspuren waren in der ersten Woche von den Teams überprüft worden. Ein klares Ergebnis konnte oftmals nicht erzielt werden, weil zu wenig objektive Überprüfungskriterien vorhanden waren. Einen Zeugen der Tat oder einen Hinweisgeber für eine heiße Spur gab es bisher nicht. Sollte der unbekannte Mörder bei seiner bestialischen Tat unbeobachtet gewesen sein? Der Unbekannte hat Sandra Töllner doch am helllichten Tag im Mühlenweg kurz vor dem Töllner-Hof in seine Gewalt gebracht und sehr wahrscheinlich in einem Fahrzeug mitgenommen. Danach war er höchstwahrscheinlich bis zum Tod der Kleinen mit ihr zusammen. An dem gut frequentierten Rastplatz der A 23 und auf dem Parkplatz der Landstraße von Bansdorf nach Klosterhausen müssten doch andere Verkehrsteilnehmer Beobachtungen gemacht haben. Trotz des enormen Medienaufkommens in Presse, Rundfunk und Fernsehen waren die Meldungen in diesem Fall nicht von zureichender Qualität, als dass sich daraus gute Möglichkeiten der Überprüfung ergeben konnten.

Spuren mit anfänglichem Potential für eine Verdächtigung bestimmter Personen hatten sich in der ersten Woche manches Mal als nicht konkret überprüfbare erwiesen. Da konnte ein vorgegebenes Alibi nicht nachgewiesen werden oder der überprüfte Mann konnte gar keins vorweisen. Alibizeugen erinnerten sich nicht oder irrten. Udo Lorenz kannte das. Spuren abarbeiten hieß die Devise.

Allerdings nagte es an der Motivation der Mitarbeiter, wenn jede neue Überprüfung sich nach kurzer Zeit erledigt hatte oder eben wegen fehlender Möglichkeiten nicht eindeutig zu klären war.

„Wir müssten etwas vom Täter haben, womit wir ihm die Tat nachweisen könnten", meinte Christian Landau abends bei der Spätbesprechung. Da meldete sich der erfahrene Kriminaltechniker Hans Gerlach zu Wort. „Wie wäre es, wenn wir an dem Ringelpulli eine Epithelzellensicherung machen, um diese Zellen weiter untersuchen zu lassen."

Udo Lorenz war irritiert. Er hatte zwar auch schon von dieser Untersuchung gehört, wusste aber nicht genau, was es damit auf sich hatte.

Kripo-Chef Albert Fischer, an diesem Samstagabend ebenfalls bei der Besprechung anwesend, hob mahnend seinen rechten Zeigefinger. „Diese Untersuchungen sind äußerst fragwürdig. Vom Aufwand her und vom Ergebnis. Das sagte jedenfalls der Leiter der kriminaltechnischen Untersuchungsstelle beim LKA. Viel Wind um nichts soll das sein."

Gerlach mochte solche Sprüche nicht. Er widersprach dem Kriminaloberrat energisch. „Die Untersuchung ist kein Humbug. Jeder Mensch verliert abgestorbene Hautzellen. Und wenn Sandras Ringelpulli von dem Mörder als Drosselwerkzeug benutzt wurde, dann hat er den Pulli mit seinen Händen angefasst, und zwar kräftig. Daher müssten sich Epithelzellen, also Hautzellen, an dem Pulli befinden."

„Das mag wohl sein", erklärte Fischer in einer Weise, die einem Oberlehrer gleich kam. „Aber die Ergebnisse einer Untersuchung sind zweifelhaft und bringen uns nicht weiter."

Das sah Gerlach ganz anders. „An der Uni Kiel kann die Blutgruppe des Spurenverursachers festgestellt werden.

Zwar nur im A-B-Null-System, aber das ist mehr als nichts. Damit kann man zum Beispiel einen Verdächtigen auch ausschließen."

„Ach, das ist wissenschaftlich doch überhaupt nicht gesichert", entgegnete Fischer abwertend, was Gerlach als ausgewiesenen Experten für Spurensicherung langsam auf die Palme brachte. „Nebenbei bemerkt, an dem Pulli habe ich mit Klebeband bereits Spuren gesichert. Faserspuren nämlich. Der Pullover könnte bei der Tat mit großer Wahrscheinlichkeit mit der Bekleidung des Täters in Berührung gekommen sein, so dass Faserspuren der Täterbekleidung nun an dem Pulli haften können."

Der Leiter der Mordkommission brachte sich ein. „Dann ist die Untersuchung der Faserspuren eine Möglichkeit, an Beweismaterial zu kommen. Richtig?"

Gerlach nickte. „Und die Prüfung der Hautzellen die andere. Und da steht die Wissenschaft gerade an einem phänomenalen Anfang. Vor drei Jahren hat in England der Naturwissenschaftler Jeffreys erforscht, dass menschliche Körperzellen individuell zuzuordnen sind."

„Und was heißt das schon?", fragte Oberrat Fischer herablassend. „Davon können wir uns doch nichts kaufen."

Gerlach dozierte einfach weiter. „Das ist wie ein Fingerabdruck, ein genetischer Abdruck. Und den haben wir möglicherweise vom Mörder an dem Pulli der Kleinen."

„Gut", sagte Udo Lorenz bestimmt und um der gereizten Stimmung ein Ende zu bereiten, „dann bespreche ich die weiteren Untersuchungen mit Staatsanwalt Lautenberger. Der ist schließlich Herr des Ermittlungsverfahrens und muss natürlich entscheiden, was geschehen soll."

Dienstag, 11. August 1987

Die Totenglocke läutete intensiv. Sie war im gesamten Ort zu hören. Und jeder Einwohner wusste, warum sie jetzt um 14.30 Uhr durch den Ort hallte. Die große Seitentür der Friedhofskappelle war gerade geöffnet worden und Pastor Josef Wiehen schritt voran. Die sechs Sargträger des Bestattungsunternehmens Mager in ihren schwarzen Anzügen und weißen Handschuhen folgten dem Pastor mit dem weißen Kindersarg. Ein Herz aus rosa Rosen schmückte den Sargdeckel. Thomas Töllner stützte seine Susanne beim Geleit zum Grab. Hinter den Eltern kam die sehr große Trauergemeinde, bestehend aus näheren und ferneren Angehörigen, dem Bürgermeister Adolf Mahn mit Familie, Lehrern und Schülern der Grundschule Bansdorf, sämtlichen Bansdorfer Landwirten mit ihren Ehefrauen, Telse und August Staak aus der Hökerkate im Mühlenweg, Friedger und Gertrud Kornfeld von der Mühle und Polizist Ernst-Günter Schütt mit Ehefrau Maja. Christian Landau hatte lange mit sich gerungen, ob seine Teilnahme an der Trauerfeier eventuell eine objektive Sicht bei den Ermittlungen beeinflussen könnte. Er hatte sich dafür entschieden und ging im Trauerzug am Schluss, wohl wissend, dass Thomas und Sabine Töllner seine Anwesenheit vielleicht nicht im Augenblick, aber doch im Nachhinein positiv aufnehmen würden. Noch am Sonntag hatte Thomas ihn angerufen und gefragt, ob er auch kommen würde. So hatte Landau die ergreifenden Worte von Josef Wiehen während der Trauerpredigt gehört und sich seine Gedanken gemacht, wie der Pastor es geschafft hatte, einem der schmerzhaftesten Augenblicke der Eltern durch eine klare und bedächtige Wortwahl einen sehr tief gehenden würdevollen Ausdruck zu verleihen. Er hatte von der großen Freude gesprochen, die Sandra Töllner schon als Baby ihren zu Recht stolzen Eltern gemacht hatte, vom unbeschwerten Kindsein auf dem Ferienhof mit den vielen netten Gästen, die sich ausnahmslos mit der Kleinen gut verstanden hätten,

von den Kindern der Urlauber, die mit ihr schon nach ganz kurzer Zeit eine innige Freundschaft geschlossen hätten, von Sandras Liebe zu den Tieren auf dem Hof, insbesondere zu Lilly, ihrem schwarz-weißen Pony,

von dem problemlosen Besuch der Grundschule im Ort, in der Sandra ohne Mühe beste Noten erhalten hatte, so dass der Besuch des Gymnasiums in Klosterhausen ernsthaft in Betracht gezogen worden war,

und dann von dem Augenblick, als das Unheil über die Familie Töllner gekommen war und ihr die Tochter genommen hatte.

Pastor Wiehen hatte die entscheidenden Frage gestellt, die sich nicht nur die Eltern seit dem traumatischen Erlebnis immer wieder stellten: „Warum hat Gott das zugelassen? Warum hat er uns verlassen?" Diese Frage habe Jesus am Kreuz auch gestellt, aber Gott habe ihn nicht verlassen, er habe ihn wiederauferstehen lassen. Dies sei der Glaube und auch die Hoffnung eines jeden Christen. Weil Jesus Christus für alle Menschen in den Tod ging und ihn überwand, dürfte man auch für Sandra hoffen, dass sie in Gottes Hand geborgen sei bis auf ein Wiedersehen mit ihren Eltern und allen, die sie lieb und gern gehabt hätten.

Christian Landau blieb am Ende des Trauerzugs, als Pastor Wiehen zum dreimaligen Erdwurf auf den in das Familiengrab herabgelassenen Sarg sagte: „Erde zu Erde. Asche zu Asche. Staub zu Staub." Nach dem Vaterunser und dem Segen für Sandra und für die Trauergemeinde trat er an die Seite. Thomas Töllner musste seiner Frau den kleinen Rosenstrauß aus der Hand nehmen und ins Grab werfen. Susanne konnte es nicht. Sie stand laut schluchzend am offenen Grab ihrer Tochter und zitterte am ganzen Körper. Eine gefühlte Ewigkeit stand sie dort und weinte.

Dann nahm Thomas sie in den Arm und führte sie vom Grab weg.

Susanne Töllner war erst nach über einer Stunde wieder in der Lage zu sprechen. Die Kaffeetafel in Meyers Gasthof hatte dazu einen gewichtigen Anteil.

Sie ging auf Christian Landau zu, der am linken Rand der Tafel neben Ernst-Günter Schütt und dessen Ehefrau saß. „Kriegen Sie ihn bald!", forderte die ganz in schwarz gekleidete Susanne. „Kriegen Sie ihn bald! Ich halte es nicht mehr aus." Landau stand von seinem Platz auf und sah der durch den Schmerz der letzten Tage sichtlich gezeichneten Mutter ganz ernst in die Augen. Dann nickte er bedächtig. „Wir werden alles versuchen, Frau Töllner. Darauf können Sie sich verlassen."

Ein weitergehendes Versprechen wollte und konnte Landau nicht abgeben. Die Arbeit im Mordfall Sandra war seit Beginn auffällig zäh. Zu schnell waren in den vergangenen Tagen immer wieder Ansätze für Ermittlungen, die anfangs Hoffnung auf zügige Aufklärung der Tat nährten, wie die berüchtigten Seifenblasen zerplatzt. Das nagte an ihm. Das nagte an allen in der Mordkommission.

Montag, 31. August 1987

Vier Wochen waren vergangen. Einen Verdächtigen für den Mord gab es immer noch nicht.

Kripo-Chef Albert Fischer drängelte gleich morgens bei Udo Lorenz in dessen Büro. „Sie verstehen sicher, dass ich mein Augenmerk auch auf die anderen Kommissariate legen muss."

Lorenz blickte knurrig. Er wusste, was nun kommen würde. Dennoch fragte er: „Was meinen Sie damit?"

„Das kann so nicht weitergehen mit der personellen Unterstützung Ihrer MK Mühlenweg. Die Kripo Klosterhausen hat noch andere Aufgaben zu erledigen."

Lorenz ärgerte sich. Wäre ein schneller Fahndungserfolg zu verzeichnen gewesen, dann hätte Fischer sich selbst öffentlich als der Verantwortliche für die gute Arbeit gebrüstet. Das machte der Oberrat immer so. Lorenz stufte das als charakterlichen Mangel ein und war vergrätzt. „Dann soll ich also mit meiner kleinen Mannschaft den Mordfall weiter bearbeiten?", fragte Lorenz schroff. Die Luft brannte in seinem Büro. Fischer schien die brenzliche Lage zu bemerken und schmeichelte: „Sie haben doch schon über dreihundert Spuren abgearbeitet. Das ist doch eine ganze Menge. Da haben Sie ordentlich was geschafft." „Aber den Täter haben wir noch nicht", unterbrach Lorenz, „und deshalb müssen wir auf Hochtouren weitermachen." „Was gibt's denn noch zu tun?" Fischer tat interessiert. „Kaum eine der dreihundert Spuren kann eindeutig als erledigt betrachtet werden, weil wir einen konkreten Sachbeweis nicht haben. Es kann also sein, dass wir mit dem Täter schon Kontakt hatten. Seit Tagen kommen die Antworten von meiner Anfrage an alle Dienststellen in Norddeutschland. Ich habe um Erkenntnismitteilungen gebeten, was sogenannte ‚Mitschnacker' und ähnliche Vorkommnisse betrifft. Da kommt noch allerhand zusammen." Lorenz versuchte, dem Kripochef die schwierige Lage der Mordkommission zu erklären. Der Versuch war jedoch nicht von Erfolg gekrönt, denn Fischer blieb bei seiner Meinung, die Kommission auflösen zu müssen. „Wie gesagt, Herr Lorenz, ich muss auch an die anderen Kommissariate denken. Da ist schon zu viel Arbeit liegen geblieben. Ab morgen ist die Unterstützung beendet." Fischer kehrte den Chef heraus, ordnete an und kümmerte sich nicht um die wichtigen Argumente, die Udo Lorenz vortrug. So kannte Lorenz ihn, deshalb mochte er ihn nicht. Noch während Fischer seine Anordnung kernig formulierte, drehte Lorenz seinen Kopf Richtung Fenster und sah in diesen grauen, wolkigen letzten Augusttag. Es war kein richtiger Sommer geworden, nicht einmal zwanzig

Grad. Irgendwie passte dieses trübe Wetter zur Stimmung bei Udo Lorenz.

*

„Was soll das denn?" Christian Landau war entsetzt, als er die Nachricht über die Auflösung der Mordkommission Mühlenweg hörte. „Wir sind doch nicht fertig mit der Arbeit, im Gegenteil", protestierte er. Doch Lorenz winkte ab. „Es ist nicht das erste Mal, dass unser Kripo-Chef Entscheidungen trifft, die an der Sache vorbei sind. Ich kenne das schon. Der Mann ändert sich nicht mehr".

Auch die Kollegen, die seit gut vier Wochen kräftig unterstützt hatten, waren nicht zufrieden damit, dass sie von heute auf morgen wieder zurück in ihre angestammten Kommissariate sollten. Keiner von ihnen hatte sich gedrückt, als es darum ging, an den Wochenenden durchzuarbeiten.

Hoch motiviert waren sie tags zuvor die Spur des Mannes angegangen, der bis Mitte Juni in Meyers Gasthof logiert haben soll und angeblich beim Bau der A 23 nach Heide beschäftigt gewesen war. Martin Herbold hieß er. Spurlos verschwunden seit Mitte Juni. Es war schwierig gewesen, den Arbeitgeber Herbolds ausfindig zu machen, denn nicht alle Subunternehmer der Betonzulieferer für den Brückenbau waren der Bauleitung bekannt. Herbold war als Betonfahrer eingesetzt und wegen wiederholter Unpünktlichkeit im Juni fristlos entlassen worden. Seine angebliche Anschrift in Kiel-Mettenhof exsistierte nicht und weitere Möglichkeiten zur Aufenthaltsermittlung des Mannes gab es zunächst nicht. Bis er am 29. August abends im Flensburger Stadtteil Gartenstadt auf einem Grundstück von der Polizei gestellt worden war. Er war von aufmerksamen Nachbarn dabei bemerkt worden, wie er minutenlang dicht an einem Reihenhaus stand und in das beleuchtete Kinderzimmer starrte. Herbold ließ sich widerstandslos festnehmen. Der Dienstgruppenleiter des Flensburger Polizeireviers hatte die Erkenntnisanfrage aus

Klosterhausen im Kopf, als Herbold zur Dienststelle gebracht wurde. Da Herbold sich nicht ausweisen konnte und zunächst keine Angaben zu seiner Person machte, musste er in der Gewahrsamszelle der Polizei übernachten. Unverzüglich ging die Meldung an die Mordkommission in Klosterhausen und am Sonntagmorgen befassten sich Christian Landau und drei weitere Ermittler aus Klosterhausen mit Herbold. Schnell war geklärt, dass es sich um den nicht auffindbaren Martin Herbold handelte, denn die Nacht im Polizeigewahrsam hatte ihn gesprächig gemacht. In Anbetracht des Grundes für seine Überprüfung durch die Mordkommission packte Herbold aus, erzählte, was er in den vergangenen zwei Monaten getrieben hatte, räumte kleine Diebstähle ein und auch, dass er sich unter falschen Namen in Pensionen in Kiel, Rendsburg und Kappeln eingemietet hätte und nach wenigen Tagen ohne Bezahlung verschwunden sei.

Einen PKW habe er nicht mehr, der sei am 2. August in Hamburg-Osdorf von Unbekannten angezündet worden, als er gerade in einem Hochhaus am Born einen ehemaligen Arbeitskollegen besucht hatte. Bei dem Versuch, sein Auto, einen alten Ford Escort, vor den Flammen zu retten, habe er sich so verbrannt, dass er ins Altonaer Krankenhaus eingeliefert worden sei. Dort sei er am nächsten Tag auf eigenen Wunsch abends entlassen worden.

Nachdem diese Angaben vom Krankenhaus bestätigt worden waren, galt die Spur als kalt. Die Umstände von Herbolds Aufenthalt auf einem fremden Grundstück in Flensburg Gartenstadt lagen in der Zuständigkeit Flensburger Polizeibeamter.

*

Das Kinder- und Jugendzeltlager Lenste ist gut drei Kilometer von Grömitz entfernt. Die entlegene Lage ganz in der Nähe des Ostseestrandes ist ideal zum Zelten. Mehrere hundert Kinder und Jugendliche nutzen die vielen

Angebote für Ferienfreizeiten in jedem Jahr. Trotz des miesen Sommers auch 1987.

Der zehn Jahre alte Thommy aus Braunschweig war an diesem Montagnachmittag mit dreien seiner Freunde vom Zeltplatz Lensterstrand zur Strandpromenade nach Grömitz gelaufen. Nach einem kleinen Streit trennte Thommy sich von seinen Freunden und marschierte kilometerweit alleine weiter bis zum Yachthafen. Hier hielt er sich stundenlang auf und bewunderte die vielen großen und kleinen Boote. Er malte sich aus, dass er selbst mit einem solchen Boot auf der Ostsee unterwegs sein könnte. Er vergaß die Zeit und bemerkte erst, dass er gegen Abend eigentlich schon im Jugendzeltlager sein müsste, als das Leben im Yachthafen und am Strand langsam ruhiger wurde.

Eilig machte er sich auf den Weg zum Lager, zunächst auf der Strandpromenade, dann nach links weg zur Straße namens Mittelweg Richtung Lenste. Dieser Weg war die wenigen hundert Meter vom Ortsrand Grömitz bis Lensterstrand sehr einsam und Thommy bemerkte, dass er allein auf dieser schmalen Straße marschierte. Keine Seele weit und breit.

Nein, nicht ganz. Ein helles Auto parkte hinter einem Knick am Rand der Straße. Thommy hätte das Auto gar nicht beachtet, wenn der Mann am Steuer ihn nicht durch das heruntergekurbelte Seitenfenster angesprochen hätte. „Na, kann ich dich zum Zeltplatz fahren?" Thommy blieb stehen und überlegte. „Na, komm', ich muss da sowieso gleich hinfahren. Steig' ein." Thommy zögerte. Irgendetwas gefiel ihm an dem Mann im Auto nicht.

„Thommy! Thommy!" Es waren seine drei Freunde, die ihm auf der schmalen Straße entgegen kamen. Sie hatten sich Sorgen gemacht, weil er nicht rechtzeitig ins Lager zurückgekommen war. Ehe sie den Betreuer informierten, wollten sie lieber selbst noch einmal nach Thommy schauen. „Ach, ich werde schon abgeholt'", sagte Thommy zu dem Mann im Auto und rannte los in Richtung seiner

Freunde. Das helle Auto parkte nicht mehr lange hinter dem Knick, dann fuhr es in Richtung Grömitz davon.

Der Mann am Steuer trug seinen blauen Arbeitsanzug. Er war enttäuscht.

September bis Dezember 1987

Nach der überraschend angeordneten Auflösung der MK Mühlenweg war der Frust groß im 1. Kommissariat. Das Team um Hauptkommissar Udo Lorenz versuchte, den immensen Druck alleine zu meistern. Aber das 1. K war von der Alltagsarbeit nicht freigestellt. Fast täglich funkte irgendein Ermittlungsersuchen anderer Polizeidienststellen in die Planung von Udo Lorenz. Der Hauptkommissar wusste, dass ein ungelöster Mordfall stiefmütterlich behandelt wird, wenn eine MK aufgelöst wurde und mit Sorge betrachtete er deshalb die Entwicklung in dem aktuellen Fall. Kripo-Chef Fischer hatte bei der Auflösung der MK von einem Altfall gesprochen, was bei Lorenz noch mehr Unmut auslöste. Er war so erbost darüber wie im Jahr zuvor. Oberrat Fischer hatte während der intensiven Ermittlungen in einem Raubmord in Flethstedt – ein reicher, alleinstehender alter Mann war nachts in seinem Haus ausgeraubt und erschlagen worden - einen Großteil erfahrener Kriminalbeamter aus der MK herausgelöst und durch uniformierte bürgernahe Beamte des Polizeireviers ersetzt. Die in der Mordkommission Flethstedt dringend benötigten erfahrenen Kriminalbeamten waren wochenlang im Einsatzgeschehen in Staatsschutzaufgaben eingebunden. Der Flethstedter Mord wurde nur durch Zufall geklärt, als die beiden Täter in Hamburg bei einem erneuten Überfall noch am Tatort festgenommen werden konnten. Bei der Durchsuchung der Wohnungen wurde ein Teil der Beute – mehrere Rolex-Uhren – gefunden. Daraufhin hatte einer der Räuber eine Lebensbeichte abgelegt und auch den Mord in Flethstedt gestanden.

„Egal, was in der nächsten Zeit auch passiert", sagte er zu Christian Landau, „ich will, dass du der Sachbearbeiter für den Mordfall Sandra bist. Einer muss den Hut dafür aufsetzen, und das bist du, Christian." So kam Kriminaloberkommissar Landau dazu, zum ersten Mal in seiner Karriere einen noch ungeklärten Mordfall verantwortlich zu bearbeiten. Er wusste, dass ihn seine Kollegen im 1. K so gut es eben ging unterstützen würden. Doch er fühlte sich von nun an noch mehr verantwortlich, als er es bereits in den ersten Tagen der MK Mühlenweg gespürt hatte.

In der Zeit dieses Jahres,

- als nicht nur in Schleswig-Holstein über die schlimmen Machenschaften des Uwe Barschel in der sogenannten Waterkant-Affaire und dessen mysteriösen Todes im Genfer Hotel Beau Rivage spekuliert wurde,
- als im Oktober die Nachricht von einem Doppelmord an zwei Polizisten durch drei hochkriminelle brutale Verbrecher in Hannover Schlagzeilen machte,
- als am 2. November bei der letzten Demonstration gegen die Startbahn West in Frankfurt zwei Polizisten von einem autonomen Fanatiker erschossen und fünf weitere schwer verletzt wurden,
- und als schließlich am 23. Dezember die beiden Schlecker-Kinder entführt und am Heiligen Abend für ein Lösegeld von fast zehn Millionen Mark wieder freigelassen wurden,

da war der Mord an Sandra in der Öffentlichkeit fast vergessen. Nicht so für Susanne und Thomas Töllner, auch nicht für Christian Landau. Doch hatten andere Ereignisse in Klosterhausen und Umgebung eine kontinuierliche Arbeit an dem Fall erheblich gestört. So ereignete sich am

Reformationstag in Klosterhausen eine Familientragödie. Ein bekannter Rechtsanwalt und Notar war beschuldigt worden, Mandantengelder in Höhe von über einhunderttausend Mark veruntreut zu haben. Es war ein anwaltsgerichtliches Verfahren mit dem Ziel eingeleitet worden, ein Berufs- und Vertretungsverbot gegen den Anwalt zu verhängen. Daraufhin erschoss der Beschuldigte am letzten Tag im Oktober ganz früh am Morgen seine beiden noch schlafenden Söhne. Sie waren neun und zehn Jahre alt. Die Ehefrau des Anwalts war durch die Schüsse wach geworden und aus ihrem Bett aufgesprungen. Im Flur des Hauses tötete sie der Mann mit zwei Kopfschüssen, ehe er sich selbst mit einem Schuss in den Mund richtete.

Selbstverständlich war das gesamte 1. Kommissariat im Einsatz, als diese Wahnsinnstat entdeckt worden war. Genauso wie beim bewaffneten Raubüberall auf die Freie Tankstelle in Klosterhausen nur fünf Tage später, bei dem die Kassiererin mit einem Schuss in den Bauch lebensgefährliche Verletzungen erlitt und die Fahndung nach dem Täter einen Tag später zu dessen Festnahme führte. Die Tankstelle hatte eine sehr gut eingestellte Überwachungskamera.

Auch das Feuer Ende November in einem Einfamilienhaus in Flethstedt erforderte den Einsatz des 1. Kommissariats. Es lag eindeutig Brandstiftung vor. Der hoch verschuldete Eigentümer hatte im Erd- und Obergeschoss Benzin ausgeschüttet, dann Feuer im Obergeschoss entzündet, aber nicht an das explosive Gemisch gedacht, dass sich entwickelt hatte. Dem Brandstifter war es nicht mehr gelungen, sein Haus zu verlassen. Seine verkohlte Leiche wurde von den Männern der Freiwilligen Feuerwehr Flethstedt nach Beendigung der Löscharbeiten in der Brandruine gefunden. Der metallene Benzinkanister lag neben dem Toten.

Christian Landau war daher mehrfach aus der Arbeit an dem ungeklärten Mord in Bansdorf herausgerissen worden.

Er hatte sich mit Spurensicherer Hans Gerlach zusammen die Spurenlage noch einmal gründlich angesehen. Fest stand, dass am Fahrrad des Kindes keine Fremdspuren gefunden worden waren. Die Auswertung der Faseranhaftungen an dem Ringelpulli hatte ergeben, dass sich darunter vermehrt blaue Baumwollfasern befanden, die nicht vom Pulli stammten und dem Haushalt der Töllners nicht zugeordnet werden konnten. „Und was ist mit den Untersuchungen der Epithelzellen?" fragte er den Spurensicherer kurz vor Weihnachten.

„Ach", antwortete Gerlach enttäuscht, „da sind eine Menge solcher Hautzellen an dem Pullover, und zwar von mindestens zwei verschiedenen Menschen, wie die Blutgruppenfeststellungen ergaben. Eine Blutgruppe passt zum Opfer, die andere könnte vom Täter stammen. Es ist die Blutgruppe A Rhesus positiv und kommt bei 37 Prozent der Bevölkerung vor."

„Das hilft uns im Moment nicht viel weiter", befand Landau. „Einen Täter kriegen wir damit nicht überführt."

„Wir müssen Geduld haben", sagte Gerlach und wies erneut auf die Forschungen in England hin, die ihn nach wie vor faszinierten. „Irgendwann geben wir die Gen-Daten eines Unbekannten in ein Computersystem und der spuckt uns den Täternamen aus. Glaub' es mir."

„Solange müssen wir uns aber mit dem begnügen, was wir haben. Und das ist wirklich nicht viel", resümierte Landau.

Ihn beunruhigte nicht nur, dass es in seinem Fall keine Fortschritte zu verzeichnen gab. Ein Fernschreiben vom LKA Hannover hatte morgens zuvor seine Aufmerksamkeit erregt. In dem Schreiben an alle Polizeidienststellen war folgendes zu lesen:

„Seit Donnerstag, d. 17.12.1987, 16.00 Uhr, wird die zehn Jahre alte Schülerin Britta Tengelen aus Hildesheim vermisst. Sie hat an dem Nachmittag in der Aula der Grundschule Am Markt Hildesheim die Aufführung eines Weihnachtsmärchens besucht und sollte dort von ihrer

71

Mutter abgeholt werden. Die Mutter verspätete sich um 15 Minuten und traf ihre Tochter nicht mehr an der Schule an. Britta Tengelen ist seitdem verschwunden. Umfangreiche Suchmaßnahmen am Nachmittag des 17. und am 18. führten lediglich zur Auffindung einer kleinen Umhängetasche der Vermissten 200 Meter vom Schuleingang entfernt.

Beschreibung: 140 cm groß, schlank, blondes mittellanges Haar, blaue Augen, bekleidet mit einem roten Anorak, einem gelben Wollschal, einer blauen Stoffhose, einem blauen Pullover und braunen Stiefeln. "

Landau hatte unverzüglich bei der Kripo in Hildesheim angerufen und weitere Einzelheiten des Vermisstenfalles erfragt. Die Kollegen dort waren noch kein Stück weiter. Britta Tengelen war wie vom Erdboden verschwunden.

Donnerstag, 24. Dezember 1987

Christian Landau hatte lange überlegt, ob er es tun sollte. Doch dann entschied er sich dafür, an diesem Vormittag Susanne und Thomas Töllner aufzusuchen. Er wusste, dass es ein schwerer Tag für die Eltern sein musste. Dennoch sollten die beiden von ihm persönlich wissen, wie es um die Arbeit an dem Fall ihrer ermordeten Tochter stand. Es hatte sich im Laufe der Zeit ergeben, dass Thomas Töllner in jeder Woche regelmäßig freitags gegen acht Uhr bei Landau anrief und nachfragte. Die Antworten Landaus waren nie so ausführlich und Landau selbst hatte das Gefühl, als sei er den Angehörigen der toten Sandra gegenüber zu oberflächlich. Natürlich konnte er nicht alle Details seiner Arbeit erzählen. Aber was, wenn die Eltern einen Rechtsanwalt damit beauftragten, Akteneinsicht zu nehmen? Dann wären sie auch voll über den Akteninhalt informiert. Landau fand es besser, im persönlichen Gespräch notwendige Informationen zu geben.

Er hatte Sabine Töllner einige Wochen nicht mehr gesehen und erschrak als er sie neben ihren Mann in der Küche an dem für drei gedeckten Tisch sitzen sah. Die Mutter war dünn geworden, wirkte irgendwie zerbrechlich und um Jahre gealtert. Man konnte deutlich erkennen, was der wahnsinnige Trauerschmerz mit der Frau gemacht hatte. Ihre früher so kräftige Stimme klang jetzt leise und ermattet, ihre Augen waren stumpf und traurig.

Das trübe Weihnachtswetter mit Temperaturen über dem Gefrierpunkt, ohne Schnee aber mit viel Regen und Nebel entsprach genau der Stimmung, die Landau in dem Gespräch spürte. Nachdem er über die vielen vergebens verfolgten Spuren und auch über die Unterbrechungen der Arbeit durch andere Fälle berichtet hatte, fragte er: „Sind über Weihnachten Feriengäste auf dem Hof?"

Thomas Töllner schüttelte den Kopf. „Eigentlich wollten die Seegers aus Hamburg mit ihrer Tochter Anja kommen. Aber die haben Anfang Dezember abgesagt, weil die Belastung für Anja zu schlimm ist." Sabine Töllner fügte hinzu: „Anja und Sandra waren befreundet. Anja war bis einen Tag vor Sandras, äh, vor Sandras..." Die Mutter brach den Satz ab, konnte nicht mehr weiterreden. Das Vergangene war wieder voll da. Die Mutter senkte den Blick, schloss die Augen und weinte leise in sich hinein.

Bedrückt schwieg Landau für einige Augenblicke mit den Eltern zusammen. Dann verabschiedete er sich mit dem Hinweis, dass er sich unverzüglich im neuen Jahr wieder melden würde, wenn es Neuigkeiten gäbe.

Montag, 18. Januar 1988

Christian Landau war über Silvester und in den beiden ersten Wochen des Jahres im Urlaub. Seine Ehefrau hatte als freiberufliche Dekorateurin als größeren Terminauftrag die Innenausstattung der neuen Rechtsanwaltskanzlei Maximilian Rudolf & Partner übernommen. Da einige

Materiallieferungen wegen der Feiertage in Verzug geraten waren, musste Landau seinen Urlaub, es handelte sich um den Urlaub aus dem Vorjahr, den er wegen des Mordfalles in Bansdorf nicht angetreten hatte, ohne Ehefrau gestalten. Kerstin Landau arbeitete, um die Termine zu halten. Rechtsanwalt Rudolf kannte da keinen Spaß. Am 30. Januar sollte die neue Kanzlei eröffnet werden.

„Na, hast du dich ein wenig erholen können", fragte Udo Lorenz seinen Mitarbeiter Christian Landau, der sich für die demnächst frei werdende Vertreterstelle bewerben wollte.

„Ach, Kerstin musste ja arbeiten, da habe ich mich für etwas interessiert, was ich schon lange wollte."

Lorenz wurde neugierig. „Und das wäre?"

„Naja, ich war doch im letzten Jahr am Himmelfahrtstag in Brokstedt auf dem legendären Lanz-Bulldog-Treffen. Wahnsinn, was da für Maschinen standen. Und einige hatten einen Bauwagen als Wohnung angehängt. Das fand ich toll."

Lorenz stutzte. „Sag jetzt nicht, dass du auch so ein Ding haben willst. Du bist doch kein Bauer."

„Die Leute, die so ein Ding haben, sind auch keine Bauern. Die haben einfach Spaß an einem solchen Gefährt. Vom Zahnarzt bis zum LKW-Fahrer ist alles dabei."

„Und? Hast du dir so einen Lanz zugelegt?"

„Nee, noch nicht. Aber ich war auf der Suche. Ich habe mir einige angesehen. Es muss kein Lanz sein, ein alter Holder oder ein Deutz würde es auch tun. Es ist aber nicht einfach, einen guten Oldie-Trecker zu finden. Und Kerstin guckt mich deshalb irgendwie merkwürdig an. Sie kann meine Begeisterung nicht so richtig verstehen."

„Ehrlich gesagt, Christian, ich auch nicht. Was willst du mit so einem alten Röcheleisen?", fragte Lorenz und lächelte.

„Glaub' mir, irgendwann habe ich einen Oldie", meinte Landau ganz ernsthaft. „Aber nun zur Arbeit. Gibt es Neuigkeiten?"

„Ja, aus Niedersachsen. Die vermisste Britta Tengelen ist letzte Woche am Freitag gefunden worden. Tot. Erdrosselt. Mit ihrem eigenen Schal."

„Ja, habe ich am Wochenende im Hamburger Abendblatt gelesen. Sie war hinter einer Hecke an einem Parkplatz am Vogelpark Walsrode versteckt. Da stand aber nichts von einem Sexualdelikt in der Zeitung."

„Das Mädchen war vollständig bekleidet. Möglich, dass es genauso abgelaufen ist, wie bei unserem Mord."

„Möglich ist das tatsächlich", folgerte Landau und sein Gesicht verfinsterte sich, „möglich ist, dass es sich um denselben Mörder handelt."

Lorenz ergänzte: „Dafür brauchen wir harte Fakten. Setz dich mit den Kollegen in Niedersachsen in Verbindung. Wir müssen unsere Erkenntnisse mit denen aus Niedersachsen abgleichen. Vielleicht finden wir etwas, das uns weiterhilft."

Das Ergebnis des Austausches mit Niedersachsen war eher enttäuschend. Schon am Abend konnte Landau seinem Chef davon berichten. „Die haben noch weniger. So gut wie gar nichts. Nur dass ein heller Kombi ungefähr eine Stunde vor dem Verschwinden vor dem Schuleingang gestanden haben soll."

*

Seine Hände zitterten, als er den Artikel in der BILD-Zeitung vom Sonnabend las. Die Aufnahme von der Fundstelle am Vogelpark Walsrode war in der Zeitung das Aufmacher-Foto. Groß prangte die Schlagzeile „**Britta tot aufgefunden. Wurde sie vergewaltigt?**" auf der Titelseite des Boulevardblattes. Neben dem Text, der fast alle Leserfantasien bediente, war ein kleines Foto von Britta und ein Kartenausschnitt vom Ort des Verschwindens in Hildesheim bis zur Auffindestelle bei Walsrode.

Das Zittern wurde stärker, je mehr sich der Mann in die Situation hinein versetzte, die er vor Wochen in Niedersachsen mit der Kleinen erlebt hatte. Seine Augen verdrehten sich wie im Rausch bei der Erinnerung daran, dass er den gelben Schal wieder und wieder gelöst hatte, um das schon schwache Leben seines Opfers nochmal und nochmal zu spüren, ehe er es mit höchster Zufriedenheit doch beendete.

Die Zeitung hatte er sich am Sonnabend gleich gekauft und den Artikel wieder und wieder gelesen. Ihm gefiel die Erinnerung an das Wahnsinnsgefühl. Er hatte vor, den Artikel noch sehr oft zu lesen. Das war bei den Berichten über die Kleine aus dem Dorf bei Klosterhausen genauso gewesen. Bis ihm die Erinnerung nicht mehr ausreichte.

Freitag, 22. Januar 1988

Christian Landau hatte den Anruf erwartet. Jedes Mal, wenn in der Presse von einem Verbrechen berichtet wurde, das von demselben Täter verübt worden sein könnte, der auch Sandra Töllner ermordet hatte, dann rief der Vater an. „War er das?", fragte Thomas Töllner, und seine Stimme überschlug sich fast. So erregt war er bei dem Gedanken, dass der Mörder seiner Tochter wieder zugeschlagen haben könnte. Landau fühlte sich nicht gut dabei, dem Anrufer keine vernünftige Antwort geben zu können. „Wir wissen es nicht genau, Herr Töllner. Wir haben Kontakt zur Hildesheimer Mordkommission aufgenommen und beide Fälle verglichen."
„Und? War er das wieder?" Töllner war ungeduldig. Er wollte eine klare Antwort, und die blieb Landau in seinen Augen schuldig. Wie bei seinen anderen Anfragen auch. Der Mord Anfang Dezember in Fulda an dem sieben Jahre alten Thorsten und zwei Wochen später der Fall der zehnjährigen Yasmin in Freiburg hatten Thomas Töllner veranlasst, Landau anzurufen und nachzufragen. Natürlich hatte Landau sich mit den jeweils zuständigen Mordkommissionen in Verbindung gesetzt und in beiden

Fällen erfahren, dass die sehr schnell ermittelten Tatverdächtigen nicht für den Mord an Sandra infrage kamen. Der eine Täter war nach einem schweren Verkehrsunfall Ende Juli für vier Wochen im Krankenhaus und der andere hatte bis zum 2. November in der JVA Bruchsal eine vierjährige Haftstrafe wegen sexuellen Missbrauchs eines Kindes verbüßt. Landau konnte Thomas Töllner zwar erklären, dass beide Mörder ein wasserdichtes Alibi für den 3. August vorzuweisen hatten, aber irgendwie war ihm so, dass Töllner ihm die Antworten nicht so richtig abnahm. „Das ist doch alles Wahnsinn", hatte Töllner geklagt, „wie viele Kindermörder laufen denn hier in Deutschland herum?" Und auch für den Hildesheimer Mordfall war Landau klar, dass Töllner mit der Auskunft nicht zufrieden sein konnte. Das war Landau ja selber auch nicht. Denn trotz vieler Parallelen war überhaupt nicht sicher, dass man ein und denselben Mörder suchen musste. „Ich melde mich sofort, wenn ich etwas Neues weiß", versicherte Landau dem frustrierten Thomas Töllner.

*

„Das gibt's doch gar nicht", fluchte der Fahrer des beigefarbenen Mercedes-Kombi, als er die Polizeikontrolle weit vor sich auf der A7 an der Raststätte Jalmer Moor West erkannte. Fast jedes Fahrzeug, dass sich auf der A7 von Flensburg Richtung Süden befand, wurde von den mit gelben Signalfarben bekleideten Polizeibeamten mit der Polizeikelle auf den Rastplatz gewinkt, um dort gründlich kontrolliert zu werden. Das Verkehrsaufkommen war jetzt gegen 21.00 Uhr nicht so stark, so dass die betroffenen Fahrzeugführer kaum Wartezeiten bei der Kontrolle befürchten mussten. Im Gegenteil, nach wenigen Augenblicken konnten die Autofahrer ihre Fahrt fortsetzen. Vorausgesetzt, es fanden sich bei der Kontrolle keine Hinweise auf Straftaten oder Ordnungswidrigkeiten. Das konnte der Mann im Blaumann in seinem T-Mercedes jedoch nicht wissen. Er war noch ganz im Rausch der Flucht, die er nur wenige Minuten zuvor in Glücksburg plötzlich hatte antreten müssen. Weg. Nur weg wollte er, schnell weg. Musste er auch, wollte er weiterhin unerkannt umherstreifen. Beinahe wäre es schief gegangen, als er sich vom Gelände der Glücksburger Hanseatischen Yachtschule her durch ein kleines Wäldchen dem daneben befindlichen Waldschullandheim genähert hatte. Dort war er vor vielen Jahren als Schüler selbst einmal für eine Woche untergebracht gewesen. Er kannte die Gegend daher noch. Es hatte sich kaum etwas verändert. Im Schutz der Dunkelheit hatte er sich zum Ostflügel des dreiteiligen Gebäudekomplexes begeben. Von seinem Platz hinter einem dichten Gebüsch war er dabei gewesen, die hell erleuchteten Schülerschlafräume auszukundschaften. Eine Klasse von neun- bis zehnjährigen Jungen und Mädchen war in den Sechsbettzimmern im Erdgeschoss des Ostflügels untergebracht. Der Mann im Blaumann hatte von seinem Versteck aus in die Zimmer, wo sich die Kinder allmählich zur Nachtruhe vorbereiteten, gestarrt. Ein Zimmer hatte es ihm besonders angetan. Es war offensichtlich an diesem Abend nur ein Kind in dem Raum, ein blonder Junge. Doch dann war ein weiterer Junge in das Zimmer gekommen, hatte lange aus dem Fenster gestarrt und dann laut geschrien. „Da ist einer hinter dem Busch!" Der versteckte Beobachter hinter dem Busch hatte sich ertappt gefühlt, denn der Junge am Fenster hatte mit dem Finger auf ihn gezeigt. Aus seinen Vorstellungen, was er an diesem Abend mit dem blonden Jungen in dem Zimmer hätte machen können, war der Mann hinter dem Busch hochgeschreckt und zurück zum Yachtschulgelände geflüchtet, wo er seinen Mercedes geparkt hatte. Und dann war da plötzlich diese Frau gewesen, diese Joggerin in dem knallroten Jogginganzug mit den gelben Reflektions- streifen. Sie war vom Fördeufer her gerade auf den Hof der Yachtschule eingebogen. Hatte sie ihn gesehen? Würde sie ihn beschreiben können? Und das Kennzeichen an seinem Wagen? Er konnte es nicht sagen, zu überraschend war seine Entdeckung für ihn gekommen, so dass er unverzüglich in seinen Mercedes gestiegen und mit hoher Geschwindigkeit in Richtung A 7 gefahren war. Und nun das. Die Kontrolle. Hatte die Joggerin aus Glücksburg die Polizei alarmiert? Er konnte einfach nicht riskieren, von der Polizei angehalten und kontrolliert zu werden. Als er von einem jungen Polizeibeamten mit der Kelle zum Parkplatz beordert worden war, tat er nur für kurze Zeit so, als würde er der polizeilichen Aufforderung Folge leisten. Er hatte vor, im letzten Moment das Steuer herumzureißen und der Kontrolle so zu entkommen. Doch dann änderte der Anhalteposten seine ursprüngliche Absicht, den Mercedes auf den Parkplatz zu lotsen, hielt die Kelle nun in Richtung Autobahn und bedeutete dem Mercedes-Fahrer, dass er seine Fahrt fortsetzen könne. Es hatte sich nämlich gerade doch ein kleiner Stau auf dem Rastplatz gebildet. Der Anhaltepolizist hatte von der Kontrollstellenleitung die Anweisung erhalten, weitere Fahrzeuge erst einmal nicht mehr auf den Platz zu leiten. Der Fahrer im Blaumann schluckte trocken und war erleichtert, nicht angehalten und kontrolliert worden zu sein. Er nahm sich in diesem Augenblick fest vor, zukünftig seine geheimen Vorhaben anders zu gestalten.

*

Melanie Gerhard war eine verantwortungsbewusste Frau. Die Aufgaben, die ihr anvertraut wurden, erfüllte sie hundertprozentig. Sie hatte auf das Abendessen verzichtet, weil sie gerne noch eine Runde an der Fördepromenade in Glücksburg joggen wollte. Natürlich waren die beiden Elternbetreuer von ihr darüber informiert worden. Die zwanzig Drittklässler der Grundschule Reinbek sollten keinen Moment ohne Ansprechpartner sein. Sie hatte sofort ein mulmiges Gefühl gehabt, als sie den Fremden im

Blaumann vom Waldschulheim her zu dem Mercedes hetzen sah. Und richtig, in der Unterkunft hatte urplötzlich die helle Aufregung geherrscht. Die beiden Betreuer waren im Aufenthaltsraum vor dem Fernsehgerät gewesen, als sie auf den Lärm im Schlafraum der beiden Jungen aufmerksam geworden waren. Melanie Gerhard und beide Betreuer hatten große Mühe an diesem Abend gehabt, die verängstigten Kinder zu beruhigen. Es war keine Frage für die Lehrerin Gerhard, sie würde diesen Vorfall der Polizei mitteilen. Gleich am nächsten Tag schon.

Dienstag, 1. März 1988

Das Zimmer im Erdgeschoss des Krankenhauses war schlicht eingerichtet. Bett, Nachttisch, Kleiderschrank, zwei Stühle mit Sitzpolster, Tisch und ein Grundig-Fernseher an einem Wandgestell, das war die Grundausstattung des Zimmers in der Station 30. Diese Station war die offene psychiatrische Station des Klosterhausener Krankenhauses. Hier wurden Menschen stationär behandelt, die aus vielerlei Gründen psychische Erkrankungen erlitten hatten und ohne Hilfe nicht wieder in ihr normales Leben zurückfinden würden. Aber was hieß das für Susanne Töllner? Seit dem 3. August 1987 war ihr Leben aus der Bahn geworfen. Dem Schock und dem Schmerz über den Verlust der Tochter war die schwere tiefe Traurigkeit gefolgt, lähmend und für Außenstehende damit erklärt, dass es viel Zeit brauchen würde, bis Susanne wieder so leben könnte, wie vor dem Tod von Sandra. Susanne mochte nichts mehr. Nicht essen, nicht reden, nicht mehr auf dem Hof arbeiten. Stumm saß sie Tag für Tag auf ihrem Platz in der Küche und blickte auf den Platz auf der Eckbank, den Sandra früher eingenommen hatte. Täglich hatte Susanne dort für Sandra den Tisch gedeckt, auch nach Monaten noch.
Als Thomas ihr Anfang Januar vorgeschlagen hatte, für Sandra nicht mehr das Geschirr hinzustellen, da war

Susanne in einen Weinkrampf gefallen, der mehrere Stunden andauerte. Hausarzt Dr. Hans-Hubert Hellrich aus Klosterhausen musste kommen und Susanne eine Beruhigungsspritze verabreichen. Immer wieder machte die verwaiste Mutter sich Vorwürfe, die Tochter alleine zur Schule gelassen zu haben. Dann wütete sie gegen ihren Ehemann, weil dieser das gefordert habe. Hatte Thomas sich bis zum Jahreswechsel sehr intensiv um seine Ehefrau gekümmert und versucht, gemeinsam die Trauer um das Kind zu bewältigen, so wich er jetzt aus. Die Vorwürfe hatten den Vater sehr getroffen. Er fand einfach keine Worte mehr, die er an Susanne richten konnte. Sie reagierte nicht, sah ihn an und ihm war so, als sehe sie durch ihn hindurch. Thomas flüchtete in die Arbeit. Im August nach dem Tod der Tochter und auch noch im September waren auf Betreiben von Bürgermeister Adolf Mahn landwirtschaftliche Helfer von anderen Höfen Bansdorfs auf den Töllner Hof gekommen, um Thomas bei seiner Arbeit zu unterstützen. Ab Oktober bewirtschaftete der Bio-Bauer seinen Hof jedoch wieder allein. Ganz allein, denn seine Frau war nicht mehr in der Lage dazu gewesen. Bei der Arbeit im Stall und auf dem Feld konnte Thomas seine Gedanken ordnen und den Schmerz und die Trauer zumindest zeitweise verdrängen. Das hielt ihn irgendwie stabil für die täglichen Pflichten. Die Buchungen für die Ferienhäuser waren seit August entweder storniert oder gar nicht erst vorgenommen worden. Das schlimme Verbrechen war über die Medien in der ganzen Republik bekannt geworden und die potentiellen Feriengäste, die zumeist Stammgäste waren, hielten sich zurück. Sie wussten vielfach wohl nicht, wie sie den trauernden Eltern gegenüber treten sollten.

Mitte Februar ging es gar nicht mehr mit Susanne. Sie weigerte sich, das Bett zu verlassen, starrte nur stumm an die Decke. „Du musst aufstehen, Susanne", flehte Thomas. „Ich brauche dich doch. Lass mich nicht mit dem Hof allein. Das schaff' ich nicht." „Ich will nicht. Ich kann nicht", murmelte Susanne müde und sagte dann etwas, was Thomas aufhorchen ließ. „Ich will auch nicht mehr. Ich will zu Sandra." Dr. Hellrich war noch am selben Tag zum Hausbesuch gekommen. Er war überzeugt, dass die Trauer bei Susanne in eine handfeste Depression übergegangen war, und zwar mit suizidaler Gefährdung. Zunächst wollte Susanne diese Diagnose nicht annehmen. „Ich bin nicht depressiv", protestierte sie. „Ich leide, ich trauere, weil ich meine Tochter verloren habe. Trauer ist Schmerz, der niemals aufhört. Schmerz für ein Leben lang."

Dr. Hellrich war ein guter Arzt, sehr um das Wohl seiner Patientin besorgt. Er schaffte es mit seiner einfühlsamen Art, Susanne Töllner davon zu überzeugen, professionelle Hilfe im Krankenhaus Klosterhausen anzunehmen. Nach einem Telefonat mit dem Chefarzt der Psychiatrie, Dr. Feininger, konnte er die Überweisung in die Station 30 veranlassen.

Susanne Töllner hatte eines von den wenigen in Station 30 vorhandenen Einzelzimmern bekommen, nachdem sie ihr Aufnahmegespräch mit Dr. Feininger geführt hatte. Nach gut zwei Wochen hatte sie ganz allmählich gemerkt, dass das Ärzte- und Therapeutenteam in Station 30 sehr gut auf ihre Ängste und Schmerzen eingehen konnte. Susanne Töllner fasste Vertrauen, nahm aktiv insbesondere an den angebotenen Einzelgesprächstherapien mit Dr. Feininger teil, besuchte aber auch Gruppentherapien, in denen die Mitglieder unter traumatischen Störungen litten. Der körperliche Zustand besserte sich allmählich, denn Susanne war überzeugt worden, wieder vernünftige Nahrung zu sich nehmen. „Ihre Sandra hätte bestimmt nicht gewollt, dass Sie uns hier verhungern". Diese Worte von Dr. Feininger überzeugten die Patientin.

Die Besuche von Thomas bei seiner Frau waren zunächst sehr kurz gewesen. Zu fremd war ihm das alles hier in der Station 30. Als er aber sah, dass Susanne sich ganz allmählich aufrappelte, da wurde auch seine Stimmung besser. Es sollte noch vier Wochen dauern, bis Susanne Töllner nach Hause entlassen werden konnte. Sie hatte in der psychiatrischen Abteilung gelernt, den Schmerz und die Trauer als Teil ihres Lebens zu akzeptieren und war in Kontakt mit einer Gruppe von Menschen getreten, die ein ähnliches Schicksal teilen mussten. Diese Gruppe traf sich regelmäßig in Elmshorn und Susanne empfand die Begegnungen dort als sehr hilfreich. Sie lernte, mit anderen über ihre Gedanken und Gefühle zu sprechen, denn die anderen in der Gruppe hatten ähnliche und wichen nicht aus. Thomas war anfangs eher skeptisch, hatte er doch Schwierigkeiten damit, sich anderen gegenüber zu öffnen. Da war ihm Susanne durch ihren Aufenthalt in der Station 30 um einiges voraus. Doch mit der Zeit sah auch Thomas, wie er und seine Susanne ihr schweres Schicksal annehmen konnten, ohne daran zu zerbrechen. Sandra würde immer ihre Tochter sein, und Thomas und Susanne für immer die Eltern. Aber das Leben der Eltern sollte weitergehen, musste weitergehen. Und bei den anderen in ähnlicher Lage sahen sie, dass das Leben trotzdem einen Sinn haben konnte. Die Trauer von Sandras Eltern war auch nach Monaten noch schmerzhaft da, würde wohl nie vergehen, aber hatte sich verändert.

Mittwoch, 3.August 1988

Jahrestag. Das trübe, regnerische Wetter mit Temperaturen um 18 Grad passte dazu. Thomas und Susanne waren schon ganz früh zum Friedhof gefahren, um einen Strauß Sommerblumen auf Sandras Grab zu legen. Die Besuche auf dem Friedhof gehörten bei den Eltern zum wöchentlichen Ritual. Sie hatten sich angewöhnt, ihrer Tochter auf dem Friedhof zu erzählen, was in den Tagen zuvor geschehen war. An diesem Tag berichteten sie, das

Familie Seeger aus Hamburg wieder angereist war und dass Sandras Freundin Anja in der folgenden Woche zum Grab mitkommen würde und auch, dass Anja sich großartig um das Pony Lilly kümmerte. Als Familie Seeger tags zuvor angekommen war, sei die Stimmung gedrückt gewesen. Die Seegers wussten nicht so recht, wie sie die Situation auf dem Hof ansprechen sollten. Dann war es Susanne, die die Blockade durchbrechen konnte. „Es ist schön, dass ihr uns jetzt nicht alleine lasst. Das hilft uns ganz doll", waren ihre Worte gewesen.

Für den Nachmittag des Jahrestages hatte sich Christian Landau telefonisch auf dem Töllner-Hof angekündigt. Die Reaktion von Thomas Töllner war für den Kripo-Mann überraschend. „Haben Sie etwas Neues?" Diese Frage war in einer schroffen Art gestellt. Landau konnte sich gar nicht vorstellen, dass der Vater des Mordopfers sich so verhalten würde. Die Kontakte mit ihm waren im Laufe des vergangenen Jahres weniger geworden. Töllner rief auch nicht mehr an, wenn irgendwo ein Verbrechen geschehen war, das auch von Sandras Mörder verübt worden sein konnte. Landau antwortete: „Nein, Herr Töllner, wir haben nichts Neues. Ich wollte heute vorbeikommen, weil heute, äh, heute…" Töllner unterbrach ihn. „Ich weiß, was heute für ein Tag ist, Herr Landau. Und wenn Sie uns nichts berichten können, dann brauchen Sie auch gar nicht vorbei kommen." Die Stimme von Thomas Töllner überschlug sich fast. „Habe ich verstanden, Herr Töllner, bitte verzeihen Sie meinen Anruf." Christian Landau beendete das Telefonat und grübelte lange darüber nach, was da zwischen ihm und Töllner schief gelaufen sein könnte.
Sein Chef Udo Lorenz brachte ihn drauf. „Du, das ist nichts persönlich gegen dich. Das ist die Enttäuschung des Vaters, dass wir den Mord an Sandra bisher nicht aufklären konnten. Der Mann hat Erwartungen an die Polizei, er will wissen, wer seiner Tochter das angetan hat und warum.

Verständlich, oder?" Landau nickte und ergänzte. „Und wir konnten ihm bisher keine Antwort geben."

„Genau", sagte Lorenz, „die Betonung liegt auf dem Wort **bisher**. Wir werden nicht locker lassen, Christian."

„So viele Möglichkeiten gibt es aber nicht. Wir haben den Hildesheimer Fall und können nicht hundertprozentig sagen, ob er zu unserem passt. Hans Gerlach hat mit Engelszungen auf die Hildesheimer Kriminaltechniker eingeredet, bis sie an dem Schal der ermordeten Britta Tengelen nicht nur Faserspuren, sondern auch Epithelzellen gesucht haben."

„Warum wollten die Niedersachsen da nicht ran?"

„Na, die hatten gleiche Vorbehalte wie unser Oberrat Fischer", entgegnete Landau und verzog bei dem Namen Fischer despektierlich seine Mundwinkel.

„Aber gibt es ein Ergebnis?"

„Ja, es ist das gleiche wie bei uns. Blaue Bauwollfasern und Blutgruppe A rh positiv."

„Na, das ist doch was", fand Udo Lorenz. „Und wenn wir darüber hinaus unterstellen, dass der helle Kombi in beiden Fällen etwas mit der Tat zu tun haben könnte, dann ist das schon eine ganze Menge."

„Nur, dass wir im Moment damit nicht viel anfangen können", sagte Christian Landau. „Die Auswertungen der Halterabfragen in und um Bansdorf für helle Kombis liefern uns keine konkreten Hinweis, die der vorhandener Überwachungskameras in Tankstellen hier, in Hildesheim und Walsrode ebenfalls nicht. „Wir haben noch keinen Verdächtigen, dem diese Spuren zuzuordnen wären."

Freitag, den 2.12.1988

Schon am Tag zuvor war er angereist. Mit dem Zug. Fast zehn Stunden lang vom kleinen Bahnhof Klosterhausen über Hamburg Altona nach München. Von dort mit dem Taxi zum Hotel in der Münchner Straße nach Unterföhring, das nur wenige Schritte entfernt vom Aufnahmestudio entfernt lag. Christian Landau war im Jahr zuvor schon einmal hier gewesen, allerdings zu einem sogenannten Studiofall der bekannten Fahndungssendung ‚Aktenzeichen XY...ungelöst'. Die Kripo Klosterhausen hatte einen flüchtigen Totschläger gesucht. Den Moderator der Sendung im ZDF hatte er daher bereits als sehr routinierten, sympathischen und kompetenten Fernsehmann kennengelernt, der es sehr gut verstand, den vor Millionen Fernsehzuschauern erstmals auftretenden Fahndern das Lampenfieber zu nehmen. So war es auch an diesem 2. Dezember, als Eduard Zimmermann den Mordfall Sandra vorstellte.

Am Donnerstag hatte Landau gemeinsam mit den anderen in dieser Sendung vertretenen Fahndern die riesige Studioanlage besichtigt und ein erstes Gespräch mit dem Moderator geführt.

„Ich kenne Sie doch noch vom letzten Jahr", hatte Zimmermann zu Landau gesagt und interessiert nachgefragt, was denn aus der Fahndung nach dem flüchtigen Tatverdächtigen vom Vorjahr geworden sei. „Der Gesuchte war ja Pakistani, er ist nach unserer Kenntnis über Frankreich in sein Heimatland geflüchtet. Dort verliert sich leider seine Spur", hatte Landau geantwortet. Er war beeindruckt davon, dass der Mann, der seit 1967 zwölf Mal im Jahr etliche Kriminalfälle einem Millionenpublikum präsentierte, sich an den Fall der Kripo Klosterhausen aus dem Jahr zuvor erinnern konnte. Eduard Zimmermann war eben kein Fernsehmann, der mit diesem Medium nur sein Geld verdiente. Man merkte dem Mann an, dass er diese Sendungen mit Herzblut moderierte und an den dargestellten Schicksalen spürbar Anteil nahm. Nicht zuletzt war es das Verdienst von Eduard Zimmermann, dass im Jahre 1976 die Opferhilfsorganisation WEISSER RING gegründet wurde, deren Vorsitzender er über lange Jahre war. Mittlerweile hat der WEISSE RING etwa 3000 ehrenamtliche Helfer und über 50000 Mitglieder.

Schon im Frühjahr war die Idee konkret geworden, den ungelösten Mordfall Sandra Töllner in ‚Aktenzeichen XY…ungelöst' auszustrahlen, um neue Hinweise aus der Bevölkerung zu bekommen. Landau hatte sich mit dem Hildesheimer Sachbearbeiter für den Mord an Britta Tengelen kurzgeschlossen. Es gab einfach zu viele Parallelen in den Verbrechen, so dass man von ein und demselben Täter ausgehen musste. Der Hildesheimer Kriminalkommissar Armin Huber war deshalb gemeinsam mit Landau in der Sendung. Tom Brix, der Redakteur der Münchner TV-Produktionsfirma Securitel war in den letzten Monaten sehr häufig in Hildesheim und Klosterhausen gewesen, um den Filmfall der beiden Morde für die Fahndungssendung so gründlich wie möglich zu realisieren.

Und jetzt war es soweit am Abend des 2. Dezember 1988 um 20.15 Uhr. Christian Landau und Armin Huber saßen live im Studio. Der bekannte Trailer von ‚Aktenzeichen XY…ungelöst' hatte gerade geendet, da kündigte Eduard Zimmermann die Ausstrahlung der beiden Verbrechen an und versäumte schon bei dieser Gelegenheit nicht darauf hinzuweisen, was diese Taten für die Familien der Opfer bedeuteten. Und dann zeigte das ZDF die beiden sich sehr ähnlichen Verbrechen anhand der bisher bekannten Fakten. Die Zuschauer an den Bildschirmen waren sicherlich erschüttert, als die Szenen gezeigt wurden, wie die beiden Mädchen ahnungslos in die Fänge des Unbekannten gerieten. Die Art und Weise, wie der barbarische Mörder seine Opfer über Stunden quälte und schließlich tötete, wurde im Film nicht gezeigt. Dafür waren jedoch Szenen zu sehen, die die jeweiligen Eltern zeigten, wie ihre Sorgen um die verschwundenen Kinder immer verzweifelter wurden.

Acht Minuten dauerte es, bis der Film die Ereignisse der entsetzten Fernsehöffentlichkeit erzählt hatte. Dann war es Eduard Zimmermann, der erst einmal für einige Sekunden das Unfassbare wortlos stehen ließ. Anschließend stellte er klar, dass ein Zusammenhang der beiden Morde sehr wahrscheinlich sei und wandte sich an die beiden Ermittler, die er bereits vor der Ausstrahlung vorgestellt hatte.

Christian Landau schilderte, unter welchen Umständen die tote Sandra Töllner aufgefunden wurde, Armin Huber berichtete im Anschluss in seinem Beitrag, wie die tote Britta Tengelen gefunden wurde.

Die wichtigste Frage in beiden Fällen war die nach einem hellen Kombi, der sowohl in Hildesheim als auch in Bansdorf eine wesentliche Rolle zu spielen schien.

Zum Schluss kam Eduard Zimmermann auf eine Mitteilung, die zumindest Christian Landau schon im Vorwege der Sendung sehr erregt hatte. „Für Hinweise, die zur Ermittlung und Ergreifung des Täters führen, setzen die beiden Staatsanwaltschaften in Schleswig-Holstein und in Niedersachsen jeweils eine Belohnung von 5000 DM, also insgesamt 10000 DM aus. Hinweise bitte an unser Aufnahmestudio hier in München, an die Kripo Klosterhausen, die Kripo Hildesheim oder an jede andere Polizeidienststelle." Die Summen waren für Landau schon seit langer Zeit lächerlich gering.

Es dauerte keine zwei Minuten, da standen im Aufnahmestudio München die Telefone für die nächsten anderthalb Stunden nicht mehr still. Die weiteren drei ausgestrahlten Kriminalfälle und die beiden Fahndungsaufrufe brachten nicht die Hälfte der Anrufe, die für die Morde an Sandra und Britta eingingen. Dazu kamen noch Hinweise auf den Dienststellen in Hildesheim und

Klosterhausen. Als eine XY-Mitarbeiterin am Schluss der Sendung einen Überblick der Hinweisresonanz gab, konnte sie nur darauf verweisen, dass es ungewöhnlich viele gewesen seien, über deren Bedeutung die Ermittler erst in den nächsten Tagen und Wochen Gewissheit hätten.

*

Susanne und Thomas Töllner waren wenige Tage vor der Sendung von Christian Landau informiert worden, dass der Mord an ihrer Tochter in Aktenzeichen XY...ungelöst gezeigt werden würde. Zusammen mit dem Hildesheimer Fall. Dazu hatte Landau den Eltern erstmals gegenüber erwähnt, dass ein Zusammenhang sehr wahrscheinlich sei. Am Abend der Sendung waren die Eltern allein zu Hause. Das Angebot von Pastor Wiehen, sie am Abend des 2. Dezember zu besuchen, hatten beide abgelehnt. „Vielen Dank, Herr Wiehen", hatte Susanne Töllner ihm vormittags am Telefon erklärt, „wir wissen ihr Angebot sehr zu schätzen. Aber wir müssen da heute alleine durch. Sie haben uns doch schon so sehr unterstützt."
Und dann saßen beide vor dem Fernseher und erlebten die dramatische filmische Aufarbeitung des fürchterlichen Verbrechens an ihrer Tochter. Und alles war wieder da. Wie an jenem Augusttag, als alles Böse dieser Welt sich auf die bis dahin völlig intakte und glückliche Familie Töllner stürzte. Thomas nahm die Hand seiner Frau und drückte sie fest, als der Film zu Ende war. Er sah Susanne an, Tränen liefen ihr übers Gesicht. Von dem, was Christian Landau gerade in dem Gespräch mit Eduard Zimmermann erzählte, bekamen die Eltern nichts mit. Zu sehr waren beide in die Tiefe der Verzweiflung gerissen worden. Thomas hielt seine Susanne fest, sie zitterte am ganzen Körper und weinte heftig. Erst gegen Ende der Sendung waren sie wieder fähig, den Worten Zimmermanns zu folgen.

*

Der renovierungsbedürftige Resthof lag einsam hinter alten Kastanienbäumen versteckt. Ein unbefestigter und zirka einhundert Meter langer Weg führte von der kurvigen Evenflether Gemeindestraße zum ehemaligen Bauernhof. Das kombinierte Wohn- und Stallgebäude bestand aus alten, rötlich-braunen Ziegelsteinen, deren Verfugung zum Teil witterungsbedingt herausgeplatzt war. Das Dach aus verrostetem Trapezblech, die einfache Verglasung der verrotteten Fenster und die farblose, schief hängende Eingangstür ließen die Vermutung zu, dass der Hof seit Jahren unbewohnt war. Die neun Höfe und der Dorfkrug in dieser Dithmarscher Gemeinde, die gut zehn Kilometer nordlich von Meldorf gelegen war, lagen bis auf den Krug am Ortsanfang über eine Strecke von zwei Kilometern links und rechts neben der Straße, die von Meldorf Richtung Wöhrden führte. Die Bauern kannten sich untereinander gut, die Höfe existierten hier zum Teil seit Jahrhunderten. Nur mit dem Bewohner des Resthofes mochte niemand aus der Gemeinde etwas zu tun haben. Bis 1983 waren Anneliese und Johann Hansen auf ihrem Resthof. Die ehemals zum Hof gehörenden zwanzig Hektar Weide- und Ackerland hatten die kinderlosen Hansens schon zwei Jahre zuvor verkauft. Beide waren schon über siebzig gewesen und lebten von einer schmalen Bauernrente auf ihrem schuldenfreien Hof. Als Johann Hansen kurz nach einem Schlaganfall im Heider Krankenhaus starb, da mochte Anneliese Hansen auch nicht mehr. Sie erhängte sich an dem stabilen Kleiderhaken der mächtigen Garderobe in ihrem Hausflur. Der Postbote fand sie tags darauf.

Als einziger Erbe zog kurz darauf der vierzig Jahre alte Neffe der Hansens auf den Hof. Er galt als kauzig und eigenbrötlerisch und hatte wegen seiner Art in seiner Nachbarschaft keine Kontakte. In Evenfleth kannte kaum einer den Namen des Mannes. Man wusste nur, dass er der Neffe der Hansens war, der den Resthof geerbt hatte. Am Abend des 2. Dezember zeigte nur das schummrige Licht im Wohnzimmerfenster und das heftige Flackern des Fernsehbildschirms, dass jemand zu Hause war. Der Erbe der Hansens saß in seinem schmuddeligen Fernsehsessel und sah sich im ZDF die Sendung ‚Aktenzeichen XY...ungelöst' an. Dabei lief es ihm heiß und kalt über den Rücken, als Eduard Zimmermann die Mordfälle Sandra Töllner und Britta Tengelen vorstellte. Er stellte den Fernseher gleich nach der Ausstrahlung dieser beiden Fälle ab und dachte intensiv über sich und seine Zukunft nach. Er musste etwas ändern, das wusste er nun genau.

Montag 31. August 1994

Der Mordfall Sandra Töllner war ein Altfall geworden. Ein ungelöster Altfall. Die fast einhundert Hinweise, die von den Fernsehzuschauern aufgrund der Ausstrahlung bei ‚Aktenzeichen XY...ungelöst' eingegangen waren, konnten vom 1. K der Kripo Klosterhausen, soweit es eben ging, bearbeitet werden. Die Zusammenarbeit mit der Kripo Hildesheim hatte keine neuen Ansatzpunkte gebracht. Insgesamt waren schon gut dreihundert Ermittlungsspuren in diesem ungelösten Mordfall angelegt worden, und nicht eine hatte die Ermittler einen entscheidenden Schritt weiter gebracht.

Im 1. Kommissariat hatte sich in den vergangenen Jahren einiges geändert. Die drei älteren Kollegen Manfred Buck, Harry Wetzlar und Hermann Andresen waren pensioniert worden. Der Kommissariatsleiter Udo Lorenz ebenfalls – und seit einem Monat war Christian Landau Chef des Kommissariats. Sein Vertreter wurde Lukas Grote, ein ehemaliger Rauschgiftfahnder vom LKA Kiel. Die drei neuen Sachbearbeiter passten gut in das Team. Jens Biel und Sönke Flessner, beide fünfundzwanzig, hatten ihre ersten Schritte bei der Kripo im Kriminaldauerdienst in

Kiel getan und dort reichlich Erfahrung sammeln können. Maren Keller war auf ihrer ersten Station bei der Kripo in Flensburg gewesen und dort als hervorragende Ermittlerin für Sittlichkeitsverbrechen aufgefallen. So waren die Neuen für das 1. Kommissariat gut zu gebrauchen. Das galt auch für den Leiter der Kripo. Der war auch neu. Der alte, Oberrat Fischer, sah für seinen weiteren Aufstieg bei der schleswig-holsteinischen Polizei keine guten Chancen. Mehrfach war er bei Bewerbungen um höherrangige Dienstposten außen vor geblieben. Für Landau ein deutliches Zeichen, dass die mangelnden Führungsfähigkeiten und die darüber hinaus kaum vorhandene Fachkompetenz von Oberrat Fischer dem Innenministerium nicht unbedingt verborgen geblieben waren. Landau bezweifelte, ob es richtig sein konnte, diesen Beamten dennoch dem neuen Bundesland Brandenburg anzubieten. Aber in Klosterhausen konnte Fischer nun kein Unheil mehr anrichten. Der neue Leiter der Kripo hieß Reinhard Lott. Er war mit Christian Landau zusammen auf dem Kommissarslehrgang gewesen, dann im Lübecker Kriminaldauerdienst und später bis zur Ausbildung zum Kriminalrat im 1. Kommissariat der Kripo Lübeck. In Landaus Augen konnte der Kripo Klosterhausen nichts Besseres passieren, als einen gestandenen Kriminalbeamten als Chef zu haben.

Lott fragte nach. Der Sechsunddreißigjährige mit für dieses Alter schon sehr lichtem Haar interessierte sich für die ungeklärten Fälle der Mordkommission. Er war an diesen letzten Tag im August in das 1. Kommissariat gegangen, um bei der Mittagsbesprechung mit allen Mitarbeitern einen speziellen Fall zu erörtern. Kripo-Chef Lott hatte sich geärgert, dass er morgens im Klosterhausener Tageblatt einen kritischen Artikel lesen musste, der den Mord an der kleinen Sandra betraf und substanzlos an der Polizeiarbeit herummäkelte. Die Mitarbeiter saßen am großen Tisch im Besprechungsraum, jeder einen Becher Kaffee vor sich, als

Lott seinem Ärger Luft machte. Er wandte sich an Landau, der sich ebenso über den Artikel in der Zeitung geärgert hatte. Der Redakteur hieß Lutz Röhler und war als neuer Lokalreporter für Klosterhausen und Umgebung eingesetzt. Er war in den letzten Wochen schon mehrfach mit Veröffentlichungen aufgefallen, die die polizeiliche Arbeit einseitig kritisierten. Landau hatte sich vorgenommen, mit dem Verfasser ein ernstes Wort zu sprechen. Der polizeikritische Artikel war aus heiterem Himmel erschienen und beschrieb die Kripo-Arbeit als nicht sonderlich professionell, ansonsten hätte doch festgestellt werden müssen, dass der Mordfall Sandra Töllner eindeutig mit dem Hildesheimer in Verbindung stehe. Die darüber hinausgehende Behauptung, dass die Kripo Verbindungen zu anderen Fällen wahrscheinlich gar nicht gesucht hätte, war da schon sehr gewagt und einfach nur unverschämt.

„Christian, du bist doch auch der Überzeugung, dass unser Fall hier mit dem Hildesheimer zusammengehört, oder?" Diese Frage stellte Lott, nachdem er von dem K-Leiter ausführlich über den Mord an Sandra Töllner informiert worden war.

„Da bin ich mir sehr sicher", antwortete Landau, „Die Parallelen sind einfach zu deutlich. Wir haben aber nach wie vor keinen Beweis dafür, obwohl wir damals in der Aktenzeichen-Sendung davon ausgingen und entsprechende Fragen gestellt haben."

Maren Keller schaltete sich ein. „Was ist denn mit DNA-Spuren? Gibt es keine Übereinstimmungen?"

„Leider noch nicht", antwortete Landau. „Wir haben zwar Material, das ist aber zu wenig, um es beweiskräftig auswerten zu können. Im Frühjahr war unser Kriminaltechniker Hans Gerlach mit dem Material vom Pulli der Toten bei der Gerichtsmedizin in Münster und kam mit dem enttäuschenden Ergebnis zurück."

„Warum die Rechtsmedizin Münster?" wollte Maren Keller wissen. Die dreißigjährige Kriminalkommissarin mit den pechschwarzen, kurzen Haaren hinterfragte diese Information, weil sie diese Untersuchungen allenfalls im LKA vermutete.

„Die Münsteraner haben sich extra einen Spezialisten aus England für diese neuartigen Untersuchungen herangeholt und sind wohl zur Zeit am weitesten damit", wusste Landau. Bis unser LKA diese Untersuchungen führen kann, dauert es noch."

„Gibt es denn überhaupt noch eine Möglichkeit, den Mörder zu finden?", fragte Kriminalrat Lott. Auf seiner hohen Stirn zogen sich Falten, die eine gewisse Resignation nahelegen konnten. Wie ein alter Kripo-Hase antwortete Landau seinem ehemaligen Lehrgangskollegen: „Aufgeben gibt's hier nicht. In so einem Fall kann man doch gar nicht locker lassen." Dann sah er in die Runde seiner Kollegen und sagte: „Interessant ist, dass wir seit der Ausstrahlung im Fernsehen vor gut sechs Jahren von keinem weiteren Mord erfahren haben, der mit unserem oder dem aus Hildesheim in Verbindung zu bringen wäre."

„Und was heißt das?", wollte Lukas Grote wissen. Grote fragte gerne nach, wollte immer alles genau wissen. Nicht zuletzt hatte dem sportlichen Enddreißiger dieses Verhalten den Spitznamen „der Genaue" eingebracht. „Ich kann mir vorstellen, dass wir den Täter mit der Sendung verschreckt haben, und das hält ihn ab, weitere Taten zu begehen."

„Oder der Mann lebt nicht mehr", überlegte Kommissar Jens Biel trocken. Er und Sönke Flessner sahen sich sehr ähnlich, gleiche Größe, blonde Haare, blaue Augen. Auch in ihrem Verhalten waren sie fast gleich. Beide hielten sich zurück mit Äußerungen. Das hieß jedoch nicht, dass sie sich ausblenden wollten. Christian Landau reagierte auf Biels Einwand überrascht. „Das kann natürlich passiert sein, aber wir werden davon nicht ausgehen, weil wir auch dafür keinen Beweis haben."

*

94

Die Eltern lasen es im Klosterhausener Tageblatt auch. Der Artikel von Lutz Röhler über ungelöste Kriminalfälle aus der Region wühlte alles wieder auf. Thomas Töllner stöhnte laut, als er die Zeitung beim Frühstück las. Er sah seine Frau an. Susanne merkte sofort, dass etwas Schlimmes in der Zeitung stehen musste. Thomas las laut vor: „Hat unsere Kripo wirklich alles unternommen, um den grausamen Mord an der kleinen Sandra aufzuklären? Zweifel sind angebracht...." Neben dem Artikel ein Foto ihres Kindes, das die Eltern der Polizei zur Verfügung gestellt hatten.

Für beide Eltern war es eine grauenhafte Vorstellung, die der Zeitungsartikel nährte. Zweifel, dass die Polizei nicht alles tun würde, um den Mord an ihrer Sandra aufzuklären, hatten sie immer wieder gehabt. Dieses Gefühl der Hilflosigkeit, das Hoffnungslose, der wieder stärker aufkommende Schmerz. Oh, wie oft mussten Susanne und Thomas in den vergangenen Jahren darunter leiden. Und manchmal war es dann eine Wut, die in beiden hochkochte. So war es auch an diesem Tag wieder. Thomas Töllner war sehr wütend, als er am späten Nachmittag mit Christian Landau telefonierte.

„Es steht doch auch in der Zeitung, dass die Kripo nicht genug an unserem Fall arbeitete", schleuderte er dem Hauptkommissar entgegen und fragte, ob es vielleicht besser wäre, einen Privatermittler zu beauftragen." Landau bemühte sich um versöhnliche Worte. „Ich kann sehr gut verstehen, dass das heute in der Zeitung Zweifel bei Ihnen auslöst. Nichts davon ist wahr. Die Vorwürfe sind ohne Sinn und Verstand erhoben worden. Der Reporter ist nicht zimperlich, wenn er gegen die Polizei wettern kann. Der Mann weiß nicht, was er mit seinem Geschreibe anrichtet. Und nachgefragt hat er weder bei uns noch bei der Staatsanwaltschaft. Seriös ist das nicht".

Mit dieser Erklärung wollte Töllner sich jedoch nicht zufrieden geben. „Es stimmt aber doch, dass wir bis heute nicht wissen, wer unsere Sandra umgebracht hat. Bis heute nicht! Sie haben nicht eine Spur!"

„Herr Töllner, ich habe in all den Jahren versucht, mit offenen Karten zu spielen und Ihnen immer alles mitgeteilt, soweit ich das durfte. Das wird auch in Zukunft so sein. Ich kann wirklich nicht versprechen, dass wir den Mord an Sandra aufklären. Das habe ich auch nie getan. Aber eines kann ich versichern. Wir werden niemals aufgeben! Nicht heute, nicht morgen, nicht in zehn Jahren." Landaus Worte waren nun nicht mehr von Zurückhaltung geprägt. Eher laut und eindringlich. Töllner hatte den Eindruck gewonnen, dass der verantwortliche Ermittler es ernst meinte.

Christian Landau war nicht zufrieden. Zwar hatte das Telefonat mit Thomas Töllner einen versöhnlichen Abschluss gefunden, denn Landau hatte versichert, dass gerade alle bisher zusammengetragenen Ermittlungsspuren noch einmal überprüft würden. Gerade die Hinweise, die nicht endgültig als erledigt betrachtet werden konnten, nervten ihn. Claudia Kaufmann war in den vergangenen Tagen schwer damit beschäftigt gewesen, diese Komplexe zu sortieren. Dabei war sie auf einen Hinweis gestoßen, der seit Jahren als „nicht weiter zu verfolgen" geführt worden war. „Christian, das musst du dir noch mal ansehen", sagte die Büroangestellte zu ihrem Chef, als sie ihm den Hinweis der Grundschullehrerin Melanie Gerhard vorlegte. Die Mordkommission Mühlenweg hatte damals polizeiinterne Erkenntnisanfragen an alle Polizeidienststellen in Schleswig-Holstein und in dessen Randbereichen gestellt. Es wurde um Mitteilung verdachtserregender Vorkommnisse gebeten, die auch im entfernten Sinne einen Zusammenhang mit dem Mord an Sandra Töllner darstellen könnten. So genannte ‚Mitschnacker' oder verdächtige Personen in der Nähe von Kindern waren damit gemeint. Landau sah sich den geschilderten Sachverhalt an und schüttelte den Kopf. „Das war doch mal wieder typisch Manfred Buck. Wenn der nicht gleich einen Tatverdacht serviert bekam, dann hat er sich nicht angestrengt." Landau hatte einige Eskapaden seines ehemaligen Sachbearbeiter-Kollegen erlebt und sich immer gefragt, warum der damalige Chef nicht eingegriffen hatte. So mochte Buck gerne morgens ausführlich das Klosterhausener Tageblatt lesen, und zwar unmittelbar nach der Frühbesprechung. Diese Angewohnheit hatte Buck mit dem Hinweis begründet, dass man als Ermittler ja schließlich ausführlich darüber informiert sein müsste, was in seinem Beritt passiere. Die halbe Stunde müsse man ihm dafür lassen. Selbst an Tagen, als es im 1. Kommissariat drunter und drüber gegangen sei, habe Buck sein Verhalten nicht geändert. Landau war froh gewesen, als Buck 1991 endlich in den Ruhestand verabschiedet worden war.

„Das stimmt, Claudia", sagte Landau, als er den Bericht der Polizeistation Glücksburg gelesen hatte. „Buck hat nur einmal mit dem Beamten der Polizeistation telefoniert, und das war's. Mist, das hätte mir schon eher auffallen müssen."

*

Melanie Gerhard war sehr überrascht. Sie konnte sich gar nicht vorstellen, was ein Kripo-Beamter aus Klosterhausen von ihr wollte, als die Schulsekretärin ihr nach Ende der letzten Schulstunde in der vierten Klasse der Grundschule Reinbek sagte, dass der Mann sie in einer dringenden Angelegenheit sprechen wolle und im Besucherraum auf sie warte. Christian Landau war selbst nach Reinbek gefahren, um von der Lehrerin zu erfahren, was es seinerzeit mit ihren Beobachtungen am Waldschulheim Glücksburg auf sich hatte. Die resolut wirkende Pädagogin runzelte die Stirn, als Landau ihr erklärte, was er wissen wollte. „Und damit kommen Sie jetzt? Das ist doch Jahre her. Was soll ich denn dazu noch sagen?", fragte Lehrerin Gerhard verständnislos und fügte hinzu: „Haben Sie den Mann endlich gefasst?"

Landau schüttelte seinen Kopf. Ihm war es peinlich, nach so vielen Jahren als Kriminalbeamter diese Zeugin erstmalig ansprechen zu müssen und es hätte ihn nicht gewundert, wenn Frau Gerhard keine Erinnerung mehr an das Ereignis gehabt hätte. „Ja, es ist lange her", sagte er, „genau gesagt, es war am Abend des 22. Januar 1988, einem Freitagabend, als Sie den verdächtigen Mann an der Yachtschule Glücksburg beobachtet haben. Sie haben davon dann gleich am nächsten Tag der Polizei Glücksburg berichtet, und die hat uns das auch zeitnah mitgeteilt."

Melanie Gerhard konnte mit der Erklärung Landau nichts anfangen. „Was hat die Kriminalpolizei in Klosterhausen damit zu tun? Klosterhausen ist doch über hundert Kilometer von Glücksburg entfernt."

Nun erläuterte Christian Landau, dass die Mitteilung der Polizei Glücksburg aufgrund einer Erkenntnisanfrage seines Kommissariats an alle Polizeidienststellen erfolgt sei und dass ein Kindermord aus 1987 der Grund für die Anfrage gewesen war.

Erschrocken hielt sich die Lehrerin die Hand vor ihren Mund. „Ein Mord an einem Kind? Oh Gott, und der Mörder war vielleicht in Glücksburg bei meinen Schülern?"

Landau wiegelte ab. „Nein, das kann man so nicht sagen. Wir haben dem Hinweis aus Glücksburg damals keine große Bedeutung beigemessen. Weil wir den Fall aber bis heute nicht aufgeklärt haben, überprüfen wir noch einmal sämtliche Hinweise von damals. Deshalb bin ich hier."

Melanie Gerhard beruhigte sich ein wenig und fing an, von ihrer Beobachtung über sechs Jahre zuvor zu berichten. „Ich war sehr überrascht, als ich den Kerl da plötzlich vom Gelände des Schulheimes kommen sah. Der Kerl war mir unheimlich. Und als ich später hörte, dass er bei meinen Schülern ins Fenster geglotzt hatte, da wusste ich, dass das kein Guter war."

„Sie haben ihn gesehen, als er von der Jugendherberge zum Yachtschulgelände kam. Können Sie ihn noch einmal beschreiben?", fragte Landau, der in der Mitteilung der Polizei Glücksburg nur eine sehr dürftige Beschreibung des verdächtigen Mannes gelesen hatte.

„Na, wiedererkennen würde ich den Typen wohl eher nicht. Er war so Mitte dreißig, denke ich. Mittelgroß, keine 180 cm. Nicht dick, nicht schlank, normal eben. Auffällig war, dass er wie ein Handwerker bekleidet war."

„Wie meinen Sie das?" fragte Landau. Über die Bekleidung des Mannes stand im Bericht aus Glücksburg nur, dass sie dunkel gewesen sein soll.

„Na, wie sagt man dazu? Blaumann, glaube ich. Ja. Einen dunklen Blaumann hatte er an. Ich dachte noch, was ein Handwerker um diese Uhrzeit dort zu suchen hat."

„Können Sie etwas zu dem Fahrzeug sagen, mit dem der Mann weggefahren ist?"

„Na, ich kenne nicht so viel von Autos. Aber das war ein Kombi von Mercedes. Und der war beige. Ich weiß das deshalb, weil unser Schulleiter damals auch so ein Auto hatte, auch in der Farbe. Ich dachte damals zuerst, als ich den Wagen sah, dass unser Chef mal nach dem Rechten schauen wollte. Das war aber nicht so. Der Typ im Blaumann fuhr mit dem Wagen los."

Donnerstag, 1. September 1994

Mit gemischten Gefühlen war Landau am Abend zuvor von Reinbek nach Klosterhausen zurück gefahren. Einerseits war er zerknirscht darüber, dass er schon vor sechs Jahren mehr über den verdächtigen Mann in Glücksburg hätte wissen können. Andererseits war er froh, dass die Zeugin Gerhard sich noch so gut erinnern konnte. Das mit dem Mercedes-Kombi war neu und hatte so nicht im Bericht der Polizeistation Glücksburg gestanden. Dort war nur von einem hellen PKW die Rede gewesen. Die Beschreibung der Bekleidung war für den Ermittler ebenso wesentlich. Ein Blaumann war seiner Kenntnis nach fast immer aus Baumwollstoff gefertigt. Das würde zu den blauen Baumwollfasern, die damals an der Opferbekleidung sichergestellt worden waren, passen.

„Da hat der Kollege Buck damals wohl nicht gründlich genug ermittelt", kommentierte Lukas Grote, der Genaue, in der Dienstbesprechung am Morgen die Ergebnisse, die Christian Landau von seiner Dienstreise nach Reinbek mitgebracht hatte. Die Mitarbeiter des 1. Kommissariats konnten es an Landaus mürrischen Gesichtsausdruck erkennen, dass dieser wirklich nicht gut gelaunt war.

„Stimmt, Lukas", sagte der Kommissariatsleiter, „das war wirklich nicht gut, was Buck sich da geleistet hat. Aber was können wir heute noch mit den neuen Informationen anfangen?" Landau schaute erwartungsvoll in die Runde.

Es war Maren Keller, die mit ihrem Einwand Landaus Ärger über die nachlässige Arbeit des Manfred Buck noch erheblich steigerte. „Da wäre doch mehr drin gewesen", sagte sie. „Der Junge und die Lehrerin haben den Mann doch gesehen, da wäre eine Phantomzeichnung wirklich nicht schlecht gewesen. Oder ob man das heute noch versuchen sollte?"

Landau war skeptisch. „Ich weiß nicht, das ist doch schon so lange her. Außerdem ist es ganz schön peinlich nach sechs Jahren."

„Man muss eben nicht jedem auf die Nase binden, dass damals nicht ordentlich gearbeitet wurde", entgegnete Maren Keller. „Ich würde einfach sagen, dass wir die Begebenheit von damals heute neu bewerten und deshalb alles versuchen, den verdächtigen Mann zu identifizieren."

Lukas Grote zog beide Augenbrauen hoch, ein untrügliches Zeichen, dass er konzentriert nachdachte. „Ein Versuch ist es wert. Ich würde dem Jungen eher zutrauen, uns Angaben für die Erstellung eines Phantombildes zu machen."

„Warum das denn?", wollte Maren Keller wissen. „Die Lehrerin hat den Verdächtigen doch auch gesehen."

„Aber die hat mir schon gesagt, dass sie den Mann nicht wieder erkennen würde", sagte Christian Landau und pflichtete Lukas Grote bei: „Kinder haben eher ein eidetisches Gedächtnis und können unter Umständen die besseren Zeugen sein.

*

Zwei Wochen dauerte es, bis das Phantombild vorlag. Maren Keller hatte den Jungen von damals ermitteln können. Thorsten Reimann hieß der Zeuge von damals. Thorsten war gerade mit sechzehn Jahren aus der Realschule Reinbek entlassen worden und hatte eine Lehre als Steinmetz angetreten. Er konnte sich noch sehr gut an die gruselige Begebenheit im Waldschullandheim Glücksburg erinnern. Auch an den unheimlichen Mann, der damals in das Zimmer des Jungen gestiert hatte. Maren Keller war bei der Fertigung des Phantombildes nicht dabei gewesen, weil der zuständige Sachbearbeiter beim Landeskriminalamt diese Arbeit ausschließlich mit dem Zeugen allein machte. Der Sachbearbeiter beurteilte die Aussagen von Thorsten Reimann als sehr sicher, als er das fertige Phantombild an die Kriminalbeamtin übergab.

Abgebildet war ein Mann von Mitte dreißig. Das kantige Gesicht wirkte grob, die Nase platt wie bei einem durch mehrere Treffer gezeichneten Boxer, die Lippen schmal. Auffällig die hohe Stirn die nach hinten gekämmten Haare, die die Ohren dennoch zur Hälfte bedeckten. Insgesamt ein auffälliges Erscheinungsbild und daher mit hohem Wiedererkennungswert, falls die Angaben des Zeugen Thorsten Reimann zutreffend waren.

Montag, 19. September 1994

Es wollte nicht so richtig hell werden. Der Wetterbericht hatte für die nächsten Tage wechselhaftes Wetter bei Temperaturen um die zwölf Grand angesagt. Zu schlecht für einen Spätsommer fand Christian Landau, der am späten Vormittag mit seiner Kollegin Maren Keller darüber diskutiert hatte, ob es sinnvoll sei, das Phantombild den Eltern von Sandra Töllner vorzulegen. Obwohl er nicht davon überzeugt war, dass es die Ermittlungen weiterbringen würde, war er mit Maren Keller dann doch Richtung Bansdorf unterwegs. „Vielleicht kennen die Eltern ja einen Mann, der so aussieht wie der auf dem Bild", meinte Maren und war optimistisch bei dem Gedanken. Landau war da eher zurückhaltend. Er hatte sich zwar bei den Eltern telefonisch angemeldet, bei dem kurzen Telefonat aber schon bemerkt, dass es zwischen ihm und Thomas Töllner wieder zu Spannungen kommen könnte. Und so kam es auch. Nach einer kurzen Begrüßung fragte Thomas Töllner direkt nach. „Was hat es mit dem Bild auf sich? Soll das der Mann sein, der unsere Tochter ermordet hat? Wer hat den Mann gesehen?"

„Wir haben eine weitere Ermittlungsspur verfolgen können und sind dabei auf einen Mann gestoßen, der so aussehen soll", erklärte Landau etwas umständlich. Ihm war es unangenehm, gegenüber den Eltern des Mordopfers so zu lavieren. Er wollte aber auch nicht preisgeben, dass ein Kollege vor vielen Jahren bei seiner Arbeit gepfuscht hatte. Während Susanne Töllner mit dem Kopf nickte und sich mit Landaus Erklärung zufrieden gab, hakte ihr Ehemann nach. „Was heißt das genau?"

„Nun, wir haben damals uns alles angeschaut, was auch nur entfernt mit einem Delikt an einem Kind etwas zu tun haben könnte. Und zwar nicht nur hier in Schleswig-Holstein. Dabei war unter anderem ein Fall, bei dem dieser

Mann hier auf dem Phantombild dabei aufgefallen ist, wie er Kinder in verdächtiger Weise beobachtet hat."

„Und wo war das?", wollte Töllner wissen.

„Bei Flensburg an einer Jugendherberge wurde der Mann gesehen. Er konnte jedoch fliehen. Wir wissen nicht, wer er ist, darum dieses Phantombild", erklärte Christian Landau. Maren Keller, die sich bis jetzt zurückgehalten hatte, schaltete sich nun ein. „Herr Töllner, es ist nur eine Möglichkeit, keine Gewissheit, dass dieser Mann auch hier in Bansdorf gewesen ist. Kennen Sie eine Person, die so aussieht wie der hier auf dem Bild?" Mit diesen Worten hielt die Kommissarin das Phantombild direkt vor Töllners Gesicht. Der nahm das Bild in die Hand und betrachtete es nachdenklich. Dann schüttelte er den Kopf und reichte das Bild seiner Frau. „Was meinst du, Susanne?"

„Nee, so einen kenne ich nicht. Habe ich nie gesehen."

Auf der Rückfahrt nach Klosterhausen war Maren Keller auffällig ruhig. Landau saß am Steuer des Dienst-Passat, doch er bemerkte, dass Maren von dem Gespräch mit den Eltern der Ermordeten sehr beeindruckt war.

„Was geht dir durch den Kopf?", fragte er seine Kollegin.

„Ach, mir ist heute klar geworden, dass die Töllners nie einen Strich ziehen können. Das Schlimme ist immer da, jeden Tag, immer."

„So ist es, und dann kommen wir und wühlen alles noch einmal wieder auf. Da reicht schon ein einfacher Besuch und die Angehörigen fühlen wieder genauso wie am ersten Tag." Christian Landau war dieser Umstand schon lange klar. Ein Fall aus seiner ersten Zeit bei der Kripo Klosterhausen war ihm sehr genau in Erinnerung geblieben. Ein junger Mann war Anfang der 80er Jahre vor der Klosterhausener Disco ‚Musikladen' bei einem Streit mit einem anderen Disco-Besucher erstochen worden. Landau hatte die Aufgabe erhalten, den Eltern des Opfers die Todesnachricht zu überbringen. Die Eltern wohnten am

Ende der Straße, in der auch Landau und sein Frau wenige Monate zuvor ihre erste Wohnung in Klosterhausen bezogen hatten. Er kannte die Eltern vom Sehen her. Der Vater nahm die Nachricht über den Tod seines Sohnes gefasst auf und konnte Landau alle Fragen beantworten, die im Zusammenhang mit dem Tod des Sohnes gestellt werden mussten. Die Mutter traf die Nachricht so heftig, dass sie unverzüglich in ärztliche Behandlung gebracht werden musste. Die schlimme Nachricht hatte jedoch deutliche Folgewirkungen, die Christian Landau bei jeder nachfolgenden Begegnung mit dem Vater erlebte. Der Vater grüßte zwar noch, aber fing jedes Mal an zu weinen, wenn er Landau sah, oder er drehte sich weg. Auch Jahre später noch.

Während Landau noch über die Begegnungen mit dem Vater nachdachte, wurde es ungewöhnlich unruhig im Funkverkehr. „Hier ist Kloster, hier ist Kloster", funkte die Einsatzleitstelle und man hörte dem Einsatzleiter an, dass eine größere Lage zu bewältigen war. „Hier ist Kloster an alle. Soeben Bahnunfall zwischen Regionalbahn und Reisebus am Bahnübergang Klosterallee. Anzahl der Verletzten unbekannt. Alle Wagen auf Funk zum Ereignisort. Kloster 1/ 10 Führungsfahrzeug."

„Oh, das gibt's doch nicht", rief Maren Keller erschrocken, während Christian Landau den Dienstwagen in Richtung Klosterallee steuerte. „Ich denke, das war es schon wieder mit unserem Fall in Bansdorf, nun müssen wir uns um den Bahnunfall kümmern."

„Wieso wir?", Maren Keller war verunsichert. „Dafür ist doch die Bahnpolizei da."

„Schon mal was von größerer Schadenslage gehört? Da sind wir mit dabei, Maren."

Genauso war es. Der Bahnunfall hatte dreizehn Menschen das Leben gekostet, vierzig waren zum Teil schwer verletzt.

Bei der Polizei Klosterhausen wurde deswegen eine sogenannte BAO, eine besondere Aufbauorganisation errichtet, weil die notwendigen Arbeiten wegen des enormen Kräftebedarfs, der Dauer des Einsatzes und der verschiedenen Zuständigkeiten durch eine einheitliche Führung bewältigt werden mussten. So waren Lukas Grote zusammen mit Jens Biel und Sönke Flessner und weiteren Kollegen aus anderen Dienststellen dafür zuständig, die Identifizierung der toten Unfallopfer und der Verletzten zu gewährleisten. Eine schwere, belastende und auch zeitaufwändige Arbeit, die die Ermittler zum Teil nur mit Hilfe der Rechtsmediziner und der Ärzte zum Erfolg bringen konnten. Allein die Errichtung der Stelle für Vermisstenanfragen und der Kommunikation mit besorgten Angehörigen verlangte einen großen Personalansatz. Einsatzabschnitte wie Verkehrslenkung und Absperrung waren nach wenigen Tagen nicht mehr erforderlich und konnten aufgelöst werden. Die eingerichtete Sammelstelle für sichergestellte Gegenstände konnte ebenfalls nach einiger Zeit personell reduziert werden. Anders war es jedoch für den Abschnitt für die Ermittlungen zur Unfallursache. Hier waren Christian Landau und Maren Keller als Ermittlungsbeamte eingesetzt. Die Angestellte Claudia Kaufmann unterstützte sie dabei. Umfangreiche Recherchen im Bahnbereich, aber auch für den Betrieb des Reisebusses, der mit einer Seniorengruppe aus Lübeck unterwegs gewesen war, waren erforderlich.

Nach insgesamt sechs Wochen konnten die Arbeiten erst beendet werden. Zur Unfallursache konnte festgestellt werden, dass aufgrund eines technischen Defektes die Schranken am Bahnübergang im Gegensatz zu den Blinklichtern nicht funktionierten. Dazu kam ein Fehlverhalten des Busfahrers, der den Bahnübergang trotz der Blinklichter noch schnell überqueren wollte. Inwiefern der technische Defekt an der Schrankenanlage auf menschliche Unzulänglichkeiten zurückzuführen war, hatte sich nicht feststellen lassen. Die erforderlichen Prüfungen waren wie vorgeschrieben durchgeführt worden.

Für den Mordfall Sandra Töllner bedeutete das Bahnunglück, dass gerade die im September 1994 wieder aufgenommenen Ermittlungen nicht weitergeführt werden konnten. Thomas Töllner hatte Anfang Oktober noch einmal bei Christian Landau angerufen. Die Worte, die er vom Leiter des 1. Kommissariats hörte, waren ihm seltsam bekannt vorgekommen und sie verstärkten seine schon seit längerem gehegte Befürchtung, dass der Mord an seiner Tochter nie aufgeklärt werden würde.

Sonnabend, 20. Mai 2000

Christian Landau war unzufrieden. Die Arbeit in den Jahren zuvor war nicht weniger geworden, im Gegenteil. Die Anforderungen an ihn und seine Kollegen waren enorm gestiegen, was positiv aber auch negativ zu bewerten war. Positiv, weil zum Beispiel gerade in der Kriminaltechnik Fortschritte gemacht worden waren, in Landaus Augen revolutionäre Schritte. Allein das aktuelle Gebiet der Molekularbiologie führte in immer kürzeren Abständen zu neuen, verfeinerten Ergebnissen für die Arbeit der Ermittler. Dafür mussten jedoch auch die Erfordernisse an Qualität bei der Spurensicherung angehoben werden, damit ein Spurensicherer nicht selbst zum Spurenleger wurde. Negativ waren in Anbetracht der technischen Fortschritte die damit einhergehenden Reglementierungen, die manchmal auch durch politische Vorgaben die tatsächlich gegebenen Möglichkeiten einschränkten. Treffend war dafür nicht nur nach Meinung Landaus die DNA-Untersuchung, die nur bestimmte Bereiche des zu untersuchenden Spurenmaterials umfassen durfte. Mögliche Hinweise auf Aussehen des Täters oder persönliche Merkmale durften nicht Bestandteil der Untersuchung sein, weil durch die Offenlegung von persönlichkeitsrelevanten Daten das Recht auf informationelle Selbstbestimmung verletzt worden wäre. Aber immerhin, es hatte Fortschritte gegeben. Auch im Mordfall Sandra Töllner. 1998 war es soweit gewesen. Den Kriminaltechnikern im LKA Kiel war es gelungen, das Spurenmaterial vom Ringelpullover zu entschlüsseln. Ein männliches DNA-Muster lag endlich vor. Aber stammte es vom Täter? Oder vom Vater? Oder sonst jemanden, der nicht der Mörder von Sandra war? Die ersten Vergleichsproben waren schnell gesichert und untersucht worden. Das waren die Speichelproben von unverdächtigen Personen, und sie waren alle negativ.

Christian Landau hatte seine jungen Kollegen Flessner und Biel beauftragt, auf freiwilliger Basis Vergleichsproben von den Männern zu sichern, die bisher als Tatverdächtige nicht ausgeschieden werden konnten. Doch dazu war es nicht mehr gekommen. Flessner und Biel hatten sich die Arbeit in der Mordkommission anders vorgestellt, die ständige stille Einsatzbereitschaft ohne Vergütung passte den beiden nicht. Im Gegensatz zu Maren Keller, die ihr Privatleben voll den dienstlichen Erfordernissen unterordnete und dabei hoch motiviert war, bestanden die beiden Jungkommissare darauf, zumindest über jedes zweite Wochenende aus Rücksicht auf ihre Partnerinnen frei verfügen zu können. Als im Frühjahr Stellenausschreibungen für das Mobile Einsatzkommando bekannt gemacht wurden, bewarben sich beide und wurden angenommen. Von den beiden frei gewordenen Stellen im 1. K konnte nur eine wieder besetzt werden. Oberkommissar Gerrit Nielsen war der neue Mann im Team, er hatte sich schon lange eine Verwendung bei der Mordkommission gewünscht. Die andere Stelle fiel den Sparzwängen in der Landespolizei zum Opfer.

Aber auch die junge aufstrebende Kommissarin Maren Keller blieb nicht mehr lange im 1. K. Sie sah ihre berufliche Zukunft in der Bekämpfung der organisierten

Kriminalität im Landeskriminalamt. Zu Anfang Mai konnte sie wechseln. Martina Bell, Oberkommissarin, hatte ihre ersten dienstlichen Schritte bei der Kripo in Heide getan und war dort durch überdurchschnittliche Leistungen aufgefallen. Die Mordkommission Klosterhausen war ihre Wunschdienststelle.

Doch von einer kontinuierlichen Abarbeitung der nicht durch DNA geprüften Ermittlungsspuren im Mordfall Sandra Töllner konnte keine Rede sein. 1998 passierte es Schlag auf Schlag. Elf Jahre nach dem gewaltsamen Tod von Sandra geschah ein weiterer Mord an einem Kind in Bansdorf. Die dreijährige Annkatrin Bülow war nur kurze Zeit vermisst, dann wurde sie tot in einem Seesack im Keller des Nachbarn Fritz Worje aufgefunden. Der Nachbar hatte das Mädchen mit Schokolade in seine Wohnung gelockt, dann sexuell mißbraucht und mit einem Schal erdrosselt. Die intensiven Nachforschungen erbrachten keine Hinweise darauf, dass Worje auch für den Mord an Sandra infrage kam. Worje, der das Verbrechen an der kleinen Annkatrin nie zugegeben hatte und bei allen Versuchen, ihn zum Reden zu bringen, beharrlich schwieg, konnte durch DNA-Spuren an dem toten Mädchen überführt werden. Der Mörder erhielt eine lebenslange Freiheitsstrafe. In diesem Fall war sie tatsächlich lebenslang, denn sechs Monate nach dem Urteil starb Worje in der JVA Lübeck an Lungenkrebs.

Bansdorf war bis auf die beiden Kindermorde immer ein weißer Fleck auf der Landkarte gewesen, was schwere Verbrechen anging. Doch als hätten diese beiden abscheulichen Taten das Schicksalspendel über der Gemeinde anhalten lassen, geschahen hier 1998 und 1999 gleich noch weitere schwere Verbrechen. Da war zunächst der nächtliche Überfall auf die Hökerkate, bei dem die Inhaberin des Hökerladens, die Witwe Telse Staack von zwei unbekannten maskierten Räubern ausgeraubt und gefesselt und geknebelt in ihrer Hökerkate zurückgelassen worden war. Wenige Wochen später ereilte es das Ehepaar Gertrud und Friedger Kornfeld von der Bansdorfer Mühle. Nachdem ein erster Überfall nachts im Versuchsstadium steckengeblieben war, vollendeten die beiden maskierten Räuber die Tat gut eine Woche später. Das Ehepaar Kornfeld war wie die Witwe Staack gequält und gefesselt worden. Erst der Mord an einem Mittäter, der nicht mehr mitmachen wollte, führte dazu, dass die Aufsehen erregende Raubserie geklärt werden konnte.

Bansdorf war Christian Landau durch diese viele Arbeit in gewisser Weise vertraut. Im Frühjahr hatte er dann endlich den Plan fertig gehabt, die ausstehenden Überprüfungen im Mordfall Sandra Töllner durchführen zu können. Von der Dienststellenleitung waren keine Anweisungen mehr gekommen, nachdem der von allen sehr geschätzte Kriminaloberrat Reinhard Lott zum Kriminaldirektor befördert und ins Landeskriminalamt versetzt worden war. Sein Nachfolger war der junge Kriminalrat Kirchberger gewesen, ein leider wieder von allem kriminalistischen Grundwissen ahnungslos gebliebener Vorgesetzter mit erheblichen charakterlichen Mängeln, der in seiner kurzen Zeit als Chef der Klosterhausener Kripo nicht nur von Christian Landau voller Verachtung betrachtet worden war. Kirchbergers Leiterposten blieb zunächst unbesetzt und das bedeutete, dass Christian Landau als Vertreter eingesetzt worden war. Eine von Landau ungeliebte Aufgabe, weil die notwendige Verwaltungsarbeit ihn von seiner eigentlichen Aufgabe zeitweise abhielt.

Doch jetzt sollte es soweit sein. Nach mehreren Angängen in den vergangenen Jahren sollten an diesem Wochenende rund sechshundert Männer aus Bansdorf und Umgebung im Rahmen einer großen Aktion gebeten werden, eine Speichelprobe abzugeben. Der Massengentest war richterlich angeordnet und in den regionalen Zeitungen öffentlich angekündigt worden.

In der Frühbesprechung des 1. K ging es an diesem Tag hektisch zu, als die letzten Einzelheiten der nicht alltäglichen Maßnahme noch einmal durchgesprochen wurden. Christian Landau hatte Gerrit Nielsen und Martina Bell als verantwortliche Sachbearbeiter eingeteilt und die beiden hatten die DNA-Reihenuntersuchung bestens vorbereitet. Martina Bell versicherte: „Christian, du kannst dich darauf verlassen. Gerrit und ich haben alles im Griff." Massengentests waren bisher ganz selten bei der Polizei in Schleswig-Holstein durchgeführt worden, entsprechend aufgeregt war Christian Landau. Ihm war klar, dass diese Aktion in Bansdorf und Umgebung von der Bevölkerung stark beachtet wurde, zumal ein Großteil der dort wohnhaften Männer zum Speicheltest am 20. und 21. Mai per Brief aufgefordert worden war. Als Landau wenige Wochen zuvor die Eltern der ermordeten Sandra in die Pläne eingeweiht hatte, war er auf Skepsis gestoßen. „Meinen Sie, dass das noch was bringt", war die Frage von Thomas Töllner gewesen, und Landau hatte gemerkt, dass bei den Töllners eine erhebliche Resignation eingetreten war, was die Erfolgschancen der Kripo im Mordfall ihrer Tochter betraf.

Das 1. K wurde von insgesamt zwanzig Kollegen aus den anderen Kommissariaten der Kripo Klosterhausen unterstützt. Bevor die Aktion um neun Uhr in den Räumen der Bansdorfer Grundschule begann, erklärte Martina Bell ihrem Chef:

„Christian, das läuft bestimmt gut. Hier nochmal alles in Kurzform:

- Die Vorladungen an die Betroffenen sind rechtzeitig rausgegangen. Bis auf drei konnten alle zugestellt werden.
- Es hat dreiundfünfzig Absagen gegeben, meistens wegen Urlaubsabwesenheit. Fünf Absagen gab es,

weil die Männer sich nicht überprüfen lassen wollen.

- Die Kollegen, die uns unterstützen, sind kurz vor Beginn der Aktion in Bansdorf an der Schule.
- Bürgermeister Adolf Mahn ist den gesamten Tag über dabei. Falls es Probleme gibt, meinte er.
- Wir haben auch genügend Stäbchen für die Speichelproben dabei.
- Die Identitätsprüfung der Vorgeladenen erfolgt zu allererst durch Lukas, Gerrit und mich. Grundlage dafür ist der Personalausweis, und zur Not ist ja noch der Bürgermeister dabei.
- Wir nehmen die Proben an insgesamt vier Tischen, das gewährleistet eine zügige Bearbeitung.
- Die gesetzlich erforderliche Anonymisierung der Beschriftung bei den Proben haben wir mit der Untersuchungsstelle beim LKA abgesprochen.
- Mit dem Klosterhausener Tageblatt haben wir besprochen, dass nur von außen Fotoaufnahmen von der Aktion gemacht werden.

Hast du noch Fragen zu der Aktion?"

Landau zögerte, fragte dann: „Und was mache ich? Wo habt ihr mich eingeteilt?" Er fühlte sich nicht wohl, wenn er als Leiter der Aktion keine spezielle Aufgabe zugewiesen bekam. Martina Bell schmunzelte bei dieser Frage. „Was sagst du uns immer, Chef? Wer leiten will, muss frei von Arbeit sein! Stimmt's?"

„Ja. Nein." Landau war durcheinander. „So ist das doch nicht gemeint."

Martina lachte und mit ihr alle im 1. K. „Ist schon gut, Christian. Es wäre wohl vernünftig, wenn du uns bei der Kontrolle der Identität unterstützt und eingreifst, wenn Probleme da sind. Okay?"

Landau war einverstanden. Der erste Massengentest in der Geschichte der Kripo Klosterhausen konnte beginnen.

Montag, 22. Mai 2000

Die große Aktion war ohne Probleme verlaufen. Von den vorgeladenen Männern hatten sich an beiden Tagen fünfhundertdreißig am DNA-Test beteiligt. Eine sehr gute Quote, was sicherlich an den besonderen Verhältnissen im ländlichen Raum lag. Hier fand noch eine soziale Kontrolle in der Nachbarschaft statt, hier kannte man sich. Die Teilnahme an dem Test war für fast jeden Vorgeladenen wie eine bürgerliche Pflicht empfunden worden, schließlich war ein kleines Mädchen aus Bansdorf ermordet worden. Daher sahen die betroffenen Männer, aber auch ihre Familien, die Teilnahme als Mithilfe bei der Aufklärung der Tat an. Landau und sein Team konnten zufrieden sein. Im Hamburger Randbereich oder auch schon in der Kleinstadt Klosterhausen wäre die Teilnehmerzahl mit Sicherheit nicht so enorm groß gewesen. Die Bestandsaufnahme bei der Besprechung an diesem Morgen fiel daher positiv aus.

„Dann wollen wir mal sehen, was die Untersuchung der Proben bringt", sagte Christian Landau. „Vielleicht haben wir den Treffer dabei und können den Mord endlich aufklären." Seine Stimme klang aber nicht so optimistisch. „Natürlich müssen wir noch Speichelproben von denen nehmen, die nicht erschienen sind."

„Da sind zum einen diejenigen, die vorher abgesagt haben, weil der Termin nicht passte", erklärte Martina Bell, die sich anhand der Teilnehmerlisten schon einen genaueren Überblick verschafft hatte. „Zum anderen sind die besonders interessant, die einfach nicht erschienen sind."

„Naja", meinte Lukas Grote", „es war eine freiwillige Aktion. Man kann einem daraus noch keinen Strick drehen, wenn er nicht erscheint." Mit diesen Worten erhob er fast lehrerhaft seinen Zeigefinger. So war er eben, der „Genaue". Mit dieser Meinung konnte er die äußerst engagierte Martina jedoch nicht überzeugen. „Mag ja sein, aber interessant ist auch, dass unter denen auch die Typen sind, die 1988 ganz früh überprüft worden waren und die nie ganz ausgeschieden werden konnten."

„Das ist ja ein Ding", bewertete Landau diese Information. „Von denen müssen wir ganz dringend Speichelproben nehmen."

Noch am Nachmittag waren Gerrit Nielsen und Martina Bell in Bansdorf unterwegs. Als erstes führte ihr Weg zum Bauernhof des Ludwig Küter. Sein landwirtschaftlicher Helfer HaPe Gniffel, zehn Jahre zuvor von den Ermittlern mehrfach überprüft aber nicht eindeutig als Tatverdächtiger ausgeschieden, war zum Massentest trotz Vorladung nicht gekommen. Gerrit und Martina trafen Ludwig Küter auf der Veranda vor dem Wohnhaus an, wo er im Schaukelstuhl bei einer Tasse Kaffee das Klosterhausener Tageblatt las. Martina stellte sich und ihren Kollegen vor und bemerkte sofort die sich verändernden Gesichtszüge des Landwirts. „Was wollt ihr denn hier?", brummte Küter mit wütender Stimme. „Kommt ihr etwa wegen dieser Geschichte hier?", fragte er mehr anklagend und schlug mit seiner rechten Hand auf den großen Artikel im Tageblatt, den er gerade gelesen hatte. Martina Bell ging nicht auf die schlechte Stimmung Küters ein, sondern erklärte mit freundlicher Stimme: „Genau. Und Sie sind Herr Küter, richtig? Dann haben wir eine Frage an Sie."

Ludwig Küter stutzte. Dem grob wirkenden Mann von gut sechzig Jahren war deutlich anzumerken, dass er darüber nachdachte, seine schlechte Laune weiter an den beiden von der Kripo auszulassen. Das nette Gesicht von Martina Bell bereitete ihm diesbezüglich aber Schwierigkeiten. „Was möchten Sie denn wissen?" Die Worte waren gemäßigter.

„Herr Küter, es ist so, wie Sie es sagen. Wir haben den Mord an der kleinen Sandra leider immer noch nicht aufklären können. Seit kurzem können wir aber genau untersuchen lassen, ob jemand für das Verbrechen in Frage kommt. Und dazu brauchen wir auch Ihre Mithilfe, wenn

Sie dazu freundlicherweise bereit wären." Martina schmeichelte dem Mann. Gerrit Nielsen hielt sich deshalb zurück, so freundlich wäre er dem ungehobelten Küter nie und nimmer gekommen. Er hätte ihm lieber eine klare Ansage verpasst.

„Das geht doch bestimmt um meinen Helfer HaPe. Ich habe ihm gesagt, dass er nicht zum Speicheltest gehen muss, weil er an dem Tag hier auf dem Hof war. Das habe ich damals auch eindeutig ausgesagt. Und trotzdem hat die Kripo keine Ruhe gegeben und ihn noch mal rangenommen. Und ohne meine Erlaubnis waren die einfach auf den Bengel los. Was glauben Sie, wie lange es gedauert hat, bis HaPe sich einigermaßen wieder beruhigt hatte? Sechs Wochen lang jammerte er mir jeden Tag vor, dass er nichts gemacht hätte. Er hat jedesmal geweint und war für die Arbeit kaum zu gebrauchen."

„Das tut uns sehr leid, Herr Küter. Wir gehen auch davon aus, dass HaPe ein Alibi hat. Doch wir möchten ihn auch mit Sicherheit hundertprozentig ausscheiden können. Damit nichts nachbleibt, verstehen Sie?" Martina Bell sprach ein sensibles Thema an, und Ludwig Küter wusste sehr wohl, was sie damit meinte. Er war nicht nur einmal beim sonntäglichen Frühschoppen damit aufgezogen worden, ob sein HaPe wohl tatsächlich nichts mit der Tat zu tun hätte. Ein bisschen merkwürdig sei der Bengel doch schon immer gewesen. Auf Küters Einwände, dass HaPe doch den ganzen Tag damals auf seinem Hof gewesen sei, hätte der Schweinemäster Hubert Jacobs im Beisein der anderen beim Frühschoppen gelästert, dass Küter sich doch jeden Tag zwei Stunden Mittagsruhe gönne. Wer wisse schon, was HaPe in dieser Zeit angestellt habe.

Insofern war Ludwig Küter damit einverstanden, dass HaPe eine Speichelprobe abgab. Es war für Martina Bell überhaupt kein Problem, den Helfer von Ludwig Küter davon zu überzeugen. Nach Abgabe der Probe war HaPe der festen Meinung, der Kriminalpolizei damit ein großes Stück weiter geholfen zu haben.

Achim Schenck war der nächste von denen, die auf Vorladung zum Massentest nicht reagiert hatten. Als Martina und Gerrit mit ihrem Dienstwagen auf den Hofplatz des Wohnblocks Hauptstraße 24 vorfuhren, sah das Haus nahezu unbewohnt aus. Vergeblich suchte Gerrit den Namen Schenck auf der Klingelleiste, als dann doch eine ältere Dame die Hauseingangstür öffnete, um das Haus zu verlassen.

„Entschuldigen Sie bitte, wohnt hier ein Herr Schenck?", fragte Gerrit Nielsen die verwundert dreinblickende Frau.

„Schenck? Schenck? Ach, der wohnt hier doch schon so lange nicht mehr. Den hatten sie damals mitgenommen, weil er angeblich was mit dem Mord an der Lütten von Töllner zu tun gehabt haben soll. Danach ist er schnell weggezogen. Mit dem mochte keiner mehr was zu tun haben. Er soll eine ganze Zeit in Hamburg gewohnt haben und erst jetzt wieder nach Bansdorf zurück sein. Er hat die alte Hökerkate in der Dorfstraße gemietet. Die stand so lange leer, nachdem die gute Telse Staack sich auf dem Friedhof umgebracht hat."

„Vielen Dank, Sie haben uns sehr geholfen." Mit den Infos konnten Gerrit und Martina etwas anfangen. Telse Staack hatten beide kennengelernt, nachdem sie von Räubern überfallen worden war. Gerrit und Martina wussten auch, dass Telse Staack sich Wochen nach dem Raub auf dem Friedhof vor dem Grab ihres Mannes August eine Plastiktüte über den Kopf gezogen hatte und sich so das Leben genommen hatte. Telse Staack war mit den schlimmen Erinnerungen an den nächtlichen Überfall nicht zurechtgekommen.

„Das ist interessant. Der Schenck wohnt nun in dem Haus, in dem damals die Frau gelebt und gearbeitet hat, die ihm ein Alibi gegeben hat", wusste Martina. Sie hatte die Spurenakten gründlich studiert.

Schenck war zu Hause. Vorsichtig hatte er die mit Kette gesicherte Haustür geöffnet und die Besucher misstrauisch durch den Türspalt angesehen. Er öffnete die Tür erst ganz, nachdem Martina Bell ihm ihren Dienstausweis gezeigt hatte. Ohne nach dem Grund zu fragen, ließ er Gerrit und Martina ins Haus, ging voran ins Wohnzimmer, setzte sich in den Fernsehsessel, senkte seinen Blick auf den Fußboden und wartete darauf, was man von ihm wollte. Gerrit war es, der die merkwürdige Situation des Abwartens durchbrach.

„Herr Schenck, wir hatten Sie zum Wochenende zur Speichelprobe vorgeladen. Gibt es einen Grund, warum Sie nicht gekommen sind?"

Schenck blickte auf, sagte aber nichts.

„Sie haben vorher auch nicht abgesagt. Waren Sie krank?"

Schenck schüttelte leicht seinen Kopf.

„Das ist eine ganz wichtige Sache, Herr Schenck. Deshalb sind wir heute hier. Wir wollen die Speichelprobe haben."

Schenck räusperte sich. „Muss ich?"

Gerrit nickte. „Ist besser, wenn Sie mitmachen."

„Aber ich hab doch nichts gemacht. Die Frau, die hier mal gewohnt hat, die hat doch bestätigt, dass ich damals bei ihr eingekauft habe."

„Richtig, das stimmt. Mit der Speichelprobe können wir Sie endgültig ausscheiden und sagen, dass Sie es nicht gewesen sein können."

Schenck dachte nach. „Mann, was die alles mit mir gemacht haben. Der Beck oder Bucks oder so. Was der mir alles an den Kopf geworfen hat. Schlimm. Da konnte ich mich hier in Bansdorf erstmal nicht mehr sehen lassen."

„Das hatte noch andere Gründe, Herr Schenck", mischte sich Martina in das Gespräch. „Und die Gründe kennen Sie genau. Das hatte wohl eher etwas damit zu tun, dass Sie nachts durch die Gegend gegeistert sind und in die Fenster anderer Leute geguckt haben."

Schenck schluckte trocken. Über das Thema mochte er nicht reden. Deshalb reagierte er schnell auf die Frage von Martina, ob er nun endlich eine Speichelprobe abgeben wolle. Er stimmt zu.

„Das klappt ja richtig gut heute", fand Gerrit Nielsen. „Da können wir doch gleich noch den einen oder anderen aufsuchen. Meinst du nicht?"

„Ja, machen wir", bestätigte Martina Bell. „Der nächste auf der Liste ist ein Türke. Mehmet Orhan heißt er. Er wohnt jetzt in der Moltkestraße in Elmshorn."

Keine dreißig Minuten später lenkte Nielsen den dunkelblauen Dienstwagen auf das Kopfsteinpflaster der Moltkestraße und stoppte ihn direkt neben dem roten Klinkerbau der Polizeidienststelle. In einem modernisierten Mehrfamilienhaus nebenan hatte Orhan seine Wohnung im Erdgeschoss rechts. Gerrit und Martina blickten überrascht, als eine sehr attraktiv wirkende junge Frau mit langem, dunklem Haar öffnete und freundlich lächelte. Martina stellte sich und Gerrit vor und fragte nach Mehmet Orhan.

„Mehmet ist mein Mann", entgegnete die Frau, die sich ihrerseits als Fatma Orhan vorstellte, den Besuch hereinbat und im Wohnzimmer einen Platz anbot. „Mehmet kommt gleich vom Einkaufen zurück. Mögen Sie einen Tee?", fragte sie höflich. „Gerne", nickte Martina.

Kaum war Fatma Orhan hinter dem Küchentresen des kombinierten Wohn- und Küchenraumes getreten, hörte man den Schlüssel im Schloss der Wohnungseingangstür. Mehmet Orhan erschien und schaute etwas irritiert, als er mit seinem Einkaufskorb hereinkam. „Die beiden sind von der Kripo aus Klosterhausen", erklärte Fatma ihrem Mann, der den Besuch fragend ansah.

„Ja, das stimmt", sagte Martina und erläuterte Herrn Orhan den Grund des Besuches.

„Oh, daran kann ich mich gut erinnern", meinte Mehmet Orhan und schaute seinerseits in fragende Gesichter. „Nach

117

dem Besuch ihrer Kollegen konnte ich mir eine neue Wohnung suchen. Meine Vermieter wollten mich da nicht mehr haben."

„Was war denn geschehen?" Gerrit wollte mehr wissen.

„Ich denke, dass ihre Kollegen damals etwas zu heftig aufgetreten sind", sagte Orhan in freundlichem Ton und lächelte sogar dabei. „Die haben überhaupt nicht gesagt, warum sie zu mir gekommen sind, wollten wissen, was ich zwei Tage zuvor gemacht habe. Und dann fragten sie nach Bildern aus meinem Fotoalbum. Als ich denen sagen konnte, dass ich an dem betreffenden Tag auf meinem Arbeitsplatz bei der AKN gewesen war und dass auf den Bildern meine Nichten und Neffen aus der Türkei zu sehen waren, gingen sie wieder. Aber das dicke Ende kam danach. Meine Vermieter haben mir die Wohnung gekündigt, weil man mit so einem, den die Kripo verdächtigt, nichts zu tun haben wollte. Von meinen Vermietern habe ich erst erfahren, dass in Bansdorf ein Mädchen umgebracht worden war und dass die Kripo mich deshalb überprüft hat. Man weiß ja nie, behaupteten meine Vermieter und haben mich rausgeschmissen."

Gerrit und Martina waren darüber verwundert, dass Mehmet Orhan seinen Bericht ohne Bitterkeit oder gar Wut auf die Kripobeamten abgegeben hatte und seine Frau anstrahlte, als sie Tee servierte.

„Das ist richtig blöde gelaufen damals. Sie hätten doch wenigsten erfahren müssen, warum man Sie überprüft hat", äußerte Martina ihr Bedauern. Doch Mehmet Orhan lächelte weiter und schaute auf seine Fatma. „Es hatte auch etwas Gutes, dass ich mir eine neue Wohnung suchen musste. Hier in Elmshorn habe ich nämlich Fatma getroffen. Wer weiß, wie es sonst gekommen wäre."

Mit der Abgabe einer Speichelprobe war Herr Orhan sofort einverstanden.

„Ein angenehmer Mensch", fand Martina, während sie und Gerrit in den Dienstwagen stiegen. Sie wirkte nachdenklich.

Das fiel Gerrit auf und er fragte: „Was ist los, Martina? Habe ich etwas Falsches gemacht?

„Nee, überhaupt nicht", entgegnete sie, „aber es ist schon heftig, was wir mit unserer Arbeit anrichten können, wenn wir nicht aufpassen. Das ist mir heute wieder so richtig deutlich geworden."

„Dann wollen wir mal sehen, was der nächste uns bietet, äußerte sich Gerrit und wies auf die Liste der Männer, die sie an diesem Tag noch aufsuchen wollten. Hartmut Stolz stand dort, und die beiden Ermittler wussten, dass es nicht einfach werden würde, mit Stolz ins Gespräch zu kommen.

„Der hat bei seiner ersten Überprüfung überhaupt nicht kooperiert", wusste Martina aus den Spurenakten. „Er hat nur angegeben, an dem tatkritischen Tag bei seiner Schwester gewesen zu sein. Und die hat das bestätigt. Ein sehr dünnes Alibi."

Die Tür zur Wohnung des Hartmut Stolz in dem schäbigen Block am Hainholzer Damm war wenig einladend. Offensichtlich jahrelang ungeputzt, war sie schmierig, die Farbe teilweise abgeplatzt. Das Namensschild aus Pappe mit Kugelschreiber in schlechter Blockschrift beschrieben und am rechten Türrahmen angeklebt. Der Klingelknopf darüber dreckig. Gerrit betätigte den Klingelknopf mit der Spitze des Autoschlüssels, weil er sich ekelte, mit den Zeigefinger auf den Knopf zu drücken.

Nach wenigen Augenblicken wurde geöffnet. Der gut vierzig Jahre alte Wohnungsinhaber entsprach in seinem Aussehen dem des gesamten Wohnblocks. Ungepflegt. Sein schmieriges, dunkles Haar ungekämmt. Die dicke Hornbrille gab dem Mann, der auf Frage bestätigte, dass er Hartmut Stolz war, ein fast bedrohliches Aussehen. Sein Dreitagebart und seine gelben Vorderzähne vermittelten den beiden von der Kripo den Eindruck, dass hier ein echter Unsympath vor ihnen stand. Hartmut Stolz war mit einer dreckigen grauen Jogginghose und einem ebensolchen T-Shirt bekleidet, an seinen nackten Füßen trug er

119

ausgetretene Latschen. Wie das Aussehen, so auch das Benehmen. „Was wollt ihr von mir?", polterte Hartmut Stolz los. Er machte keine Anstalten, die Besucher in seine Wohnung zu lassen. Gerrit und Martina forderten ihn auch nicht dazu auf, sie wollten lieber an der Tür mit dem Mann sprechen. Die unangenehme Ausdünstung, die jetzt bei geöffneter Tür aus der Wohnung drang, führte bei beiden zu diesem nicht abgesprochenen Entschluss. Wie zu erwarten war, sperrte sich Stolz gegen die Abgabe einer Speichelprobe. „Die hat die Kripo doch schon von mir", behauptete er einfach. „Richtig, Herr Stolz", sagte Martina. Ihr Gesicht verfinsterte sich enorm durch die Falten, die nun auf ihrer Stirn zu erkennen waren. „Das war damals, als wir gegen Sie ermitteln mussten, weil Sie versucht haben sollen, eine Frau zu vergewaltigen." Martina war es egal, dass die Nachbarn des Herrn Stolz ihre Worte möglicherweise mithörten. „Die Tat konnte aber nicht eindeutig nachgewiesen werden. Und Sie haben dann beantragt, dass ihre DNA-Daten vernichtet werden. Das ist geschehen. Deshalb kommen wir noch einmal."

„Dann sind Sie umsonst hier. Von mir gibt's keine Speichelprobe. Verstanden?" Die letzten Worte von Stolz waren eher gebrüllt. Dann trat er einen Schritt zurück in seine Wohnung und knallte den beiden Ermittlern die Wohnungstür vor der Nase zu.

„Na, das ist ein echt toller Typ", meinte Gerrit, um dann mit seinem Fuß gegen die geschlossene Tür zu schlagen. „Lass das", forderte Martina ihn auf, „wir müssen uns eben einen Beschluss beim Richter holen, und dann besuchen wir den Mann eben noch einmal."

*

Das Sichern von Vergleichsproben der zu überprüfenden Männer nahm noch vierzehn Tage in Anspruch, weil nicht nur Hartmut Stolz die Abgabe einer Speichelprobe verweigerte. Insgesamt sieben richterliche Beschlüsse zur

Entnahme der Proben mussten beantragt werden, was in jedem Einzelfall auch die Begründung eines sogenannten Anfangsverdachts wie zum Beispiel durch ein lückenhaftes oder falsches Alibi erforderlich gemacht hatte. Bei dem erneuten Besuch von Gerrit und Martina bei Hartmut Stolz führte dieser sich wieder ungebührlich auf und bepöbelte die Ermittler. „Habt ihr etwa nicht verstanden, dass ich keine Probe mehr gebe? Oder seid ihr beide so doof?", provozierte er lautstark an seiner Wohnungstür. Zur Unterstützung waren zwei Kollegen vom Polizeirevier Elmshorn mitgekommen. Von der Statur her eher so gebaut, dass man sich lieber nicht mit ihnen anlegen sollte. Die beiden Kollegen hatten sich zunächst neben dem Hauseingang aufgehalten. Als sie jedoch das Gezeter des Stolz hörten, gingen sie zielstrebig auf die Wohnungstür zu. Sie kannten Hartmut Stolz von einigen Einsätzen her, und Stolz konnte sich sehr gut an die beiden Revierbeamten erinnern, da er von ihnen nicht nur einmal in den Genuss einfacher körperlicher Gewalt gekommen war. Der anfangs lautstark vorgetragene Widerstand gegen die Abgabe seiner Speichelprobe wich nun schnell einer zwar stummen, aber doch zügig durchgeführten Maßnahme.

Sechs lange Wochen dauerte es, bis alle Speichelproben mit der tatrelevanten DNA vom Ringelpulli Sandra Töllners verglichen waren.
Das Ergebnis war eindeutig. Und niederschmetternd. Es gab keinen Treffer.

Donnerstag, 1. Juni 2000

Jahrelang hatte er es unterdrücken müssen. Schon seit der Verkehrskontrolle auf der A 7 Anfang 1988, bei der er gerade noch davon gekommen war. Eduard Zimmermanns Fahndungssendung im Dezember 1988 war für ihn nicht ohne Folgen geblieben. Die ersten Tage nach der Sendung war er nicht aus dem Haus gegangen, hatte seinen elf Jahre alten Mercedes Kombi nicht benutzt und ihn im Stall untergestellt, damit er von Vorbeifahrenden nicht gesehen wurde. Zu groß war seine Befürchtung, dass ein XY-Zuschauer auf ihn hinweisen könnte. Hatte sich irgendein Zeuge vielleicht sein Autokennzeichen notiert, weil ihm der Mercedes verdächtig vorgekommen war? Oder war er sonst irgendwie aufgefallen? Nein, er hatte nichts mehr getan, um ja nicht aufzufallen. Doch jedes Mal, wenn er im Fernsehen oder in den Zeitungen etwas darüber erfahren hatte, dass ein Mensch so ähnlich wie seine Opfer zu Tode gekommen war, dann war es wieder da. Dieses Gefühl, das ihn damals überwältigt hatte. Das in ihm ein sensationell wohliges Empfinden, einen nie sonst so verspürten Höhepunkt der Befriedigung gegeben hatte. Und dann hatte er es immer wieder, das Verlangen danach, es noch einmal zu erleben. Vielleicht noch ein wenig stärker ausgelebt und viel länger genossen. Diese Stärke, diese Macht über Leben, über Tod oder länger Leben und späterem Tod alleine entscheiden zu können. Er, nur er, und sonst niemand.

In seiner Phantasie war es noch so oft geschehen. Nachts, wenn er nicht schlafen konnte, sich in seinem Bett herumwälzte und daran dachte, wie es für ihn noch viel besser auslaufen könnte.

Seine beiden ersten Opfer, das Paar aus dem Sachsenwald, hatte er bereits ganz vergessen und die Kleine aus Bansdorf erinnerte ihn nur an die kurze Zeit in seinem Wagen, als er alles mit ihr machen konnte. Auch die Gedanken an das Mädchen aus Hildesheim reichten lediglich für die Zeitspanne vom Überwältigen des Opfers bis zu dessen Tod. Was vorher und was nachher mit den beiden totgequälten Kindern war, berührte ihn überhaupt nicht. Kein Mitleid, kein Gedanke daran, dass die beiden bestimmt gerne gelebt, ihre Eltern geliebt und ihren

Mitmenschen Freude gegeben haben. Keine Sinne für die Trauer derer, denen die beiden Mädchen nun fehlten, denen durch die Morde das Leben so unsäglich sinnlos geworden war. All das war in seinen Gedanken nicht vorgekommen. Nur immer wieder das für ihn übermächtige Gefühl, das er beim Totquälen, beim Spüren der Todesangst seiner Opfer, bei der Wahrnehmung des aussichtslosen Todeskampfes und bei den letzten und allerletzten Zügen des so kurzen Lebens der beiden Kinder empfinden konnte. Er hatte es unterdrückt. Unterdrücken müssen. Weil er nicht entdeckt werden durfte. Dann hätte er es ja nie wieder erlebt. Er musste vorsichtig sein, das wusste er.

Seinen Mercedes hatte er noch 1988 verkauft. Auf dem privaten Automarkt, der sonntags auf dem Auto-Kino-Platz in Hamburg-Billbrook stattfand. Ein Libanese hatte den geforderten Preis anstandslos bar gezahlt und den Kombi sofort mitgenommen. Ersatz für den Mercedes war für die nächsten Jahre ein Ford Fiesta. Ein unscheinbares Auto, wie er fand. Aber für das, was er sich im Laufe der Zeit ausgedacht hatte, war es nicht tauglich.

Lange hatte er gesucht. Dann hatte er ihn gefunden. Den von einem Hobby-Bastler ausgebauten VW-Bus, Baujahr 1992. Die Fenster waren mit dunklen, lichtundurchlässigen Gardinen ausgestattet. Damit und einem dunklen Vorhang hinter den Vordersitzen war es möglich, den hinteren Innenraum vor Blicken von außen zu schützen. Neben einer Liege, die an der linken Seitenwand befestigt und hochklappbar war, befand sich hinter einem kleinen Schrank neben der Schiebetür ein gut einen Quadratmeter messender mit Schiebetür zu schließender Verschlag, der vom Hobbybastler als WC-Abteil vorgesehen war. Dieser Verschlag war ausschlaggebend für den Kauf gewesen. Die zum Teil deutlichen Gebrauchsspuren am blauen Lack des Busses und die Laufleistung von über zweihunderttausend Kilometern des Diesels waren unbedeutend gewesen. Der neue Besitzer war fasziniert von den Möglichkeiten, die ihm dieses kleine Abteil im Heck des Busses erschloss. Er hatte das dort befindliche Porta-Potti herausgenommen, die Wände und die fensterlose Heckklappe mit Schaumstoff ausgekleidet und den Boden mit einem dicken Teppichrest ausgelegt. Kein Geräusch sollte nach außen dringen, wenn seine Jagd erfolgreich gewesen wäre. Auch nicht der kleinste Laut sollte sein Vorhaben in Gefahr bringen können. So könnte er lange, sehr lange von seinem Opfer zehren, deren Situation vor Entdeckung verborgen genießen und so lange wiederholen, wie es ihm gefiel.

An diesem ersten Junitag lag er auf der Lauer. Nicht in Schleswig-Holstein oder in Hamburg. Das Großereignis Expo 2000 hatte ihn angelockt. Abertausende Besucher aus etlichen Nationen würden an diesem und an den folgenden Tagen und Wochen zum Messegelände in Hannover strömen. Die Augen der Sicherheitsorgane hätten genug zu beobachten in und am Riesengelände der Weltausstellung. Das beliebte Urlaubsgebiet am Steinhuder Meer ganz in der Nähe wäre sicher gut geeignet für die Pläne des Mannes, der nun schon seit mittags abseits eines einsamen Spazierweges neben dem Steinhuder Strand wartete. Den blauen Bus hatte er an einem Feldweg ganz in der Nähe hinter einem Gebüsch geparkt.

Der Junge auf dem Mountainbike hatte den Beobachter im Blaumann auf der grünen Holzbank am Spazierweg gar nicht wahrgenommen, als er sich von Steinhude her näherte. Zu sehr war er damit beschäftigt, die Shimano-Gangschaltung rauf und runter zu schalten. Sein Blick war stur auf den Schalthebel gerichtet, den er unablässig mit der rechten Hand bewegte. In Höhe der Bank schreckte der Zehnjährige plötzlich hoch, doch da war es schon zu spät. Einen dicken Stock hatte der Mann ihm in die Speichen des Vorderrades gestoßen. Das Rad blockierte, der Junge schoss mit dem Kopf voran über den Lenker, stürzte ohne dass ihn seine seitlich ausgestreckten Arme schützen

124

konnten mit dem Gesicht voll auf den harten Kiesweg und blieb dort bewegungslos in Bauchlage liegen.

Der Angreifer war selbst überrascht, es dauerte einige Augenblicke, bis er sich seinem Opfer näherte. Er drehte den Jungen um und sah eine großflächige Schürfwunde auf der Stirn. Langsam sickerte Blut aus der Verletzung. Dann erstarrte der Angreifer. Blut rann aus der Nase, dem Mund und aus den Ohren. So war der Angriff nicht geplant gewesen. Das Opfer war offensichtlich sehr schwer verletzt. „Hallo! Hallo! Können wir helfen?" Ein älteres Paar kam in diesem Moment auf dem Fahrrad ebenfalls aus Richtung Steinhude. Als sie an der Bank ankamen, fragte die Frau: „Was ist hier denn passiert?"

Die Gier des Mannes nach dem, was er sich für die nächste Zeit mit sich und dem Jungen vorgenommen hatte, war augenblicklich verschwunden. Er gab den Ahnungslosen.

„Weiß ich auch nicht. Der Bengel kam hier eben vorbei und ist genau vor mir gestürzt." Forsch wies er auf den Stock, der im Vorderrad des Mountainbikes steckte. „Damit hat er wohl gespielt, und dann ist es passiert."

Die Frau blickte auf ihren Partner und nickte. „Heinz, ruf du mal schnell mit dem Handy den Notarzt. Ich kümmere mich schon mal um den armen Kerl."

Es dauerte nur wenige Minuten, bis der Notarzt im Rettungswagen eintraf und den besinnungslosen Jungen nach der Erstversorgung vor Ort mit Einsatzfahrt ins nächstgelegene Krankenhaus abtransportierte.

„Hoffentlich kommt er durch", sagte die Frau zu ihrem Partner Heinz. Der hauchte nur: „Ja, hoffentlich."

Der Mann im Blaumann wartete ab. Er hatte auch mit dem Erscheinen der Polizei gerechnet und war erleichtert, dass dies nicht geschah. Seine Version des Geschehens erschien wohl glaubhaft. Der Junge war vom Fahrrad gestürzt, weil er offensichtlich herumgespielt hatte. Mit dieser Erklärung waren der Notarzt und die Rettungssanitäter zufrieden gewesen, das ältere Paar hatte ebenfalls keine Zweifel angedeutet und verabschiedete sich höflich.

Kurz darauf startete der blaue Bus. Dem Fahrer wurde jetzt erst klar, dass er kurz zuvor bei seinem heimtückischen Überfall auf den Jungen beinahe erwischt worden wäre. Dieser Gedanke machte ihn so nervös, dass er am ganzen Körper zitterte. Die Vorstellung, um ein Haar ins Visier der Polizei geraten zu sein, zerstörte abrupt sein Vorhaben, sich an diesem Tag noch ein Opfer zu suchen. Er wollte schnellstens nach Hause.

Gut eine Stunde später landete der gelbe ADAC-Rettungshubschrauber Christoph 19 auf der A7 in Höhe der Ausfahrt Soltau-Ost. Ein blauer VW-Bus war mit hoher Geschwindigkeit an einem Stauende auf einen LKW aufgefahren. Der Fahrer des Busses war eingeklemmt und musste von der Freiwilligen Feuerwehr Soltau aus dem Fahrzeug herausgeschnitten werden. Der Mann erlitt lebensgefährliche Verletzungen und wurde von dem Rettungshubschrauber in das Heidekreis-Klinikum Soltau geflogen.

Montag, 7. März 2007

Nach dem niederschmetternden Ergebnis der DNA-Reihenuntersuchung sieben Jahre zuvor war die Luft raus aus dem Mordfall. Christian Landau und sein Team wussten nicht mehr, wo sie noch ansetzen konnten, um die Tat endlich aufzuklären. Auch der wiederholte Kontakt zu den Kollegen in Hildesheim führte nicht weiter. Dort war zudem eine Panne passiert, die eine erfolgreiche Bearbeitung des Falles erheblich gefährdete. Der gelbe Wollschal, das mutmaßliche Tatwerkzeug, mit dem der unbekannte Mörder Britta Tengelen erdrosselt hatte, war im LKA Hannover verschwunden. Mit dem Tatwerkzeug sämtliche daran gesicherten Fasern und Molekularspuren nicht auffindbar. Die wichtigen Asservate waren, wie die

Sachbearbeiter in der LKA-Untersuchungsstelle kleinlaut bekennen mussten, „außer Kontrolle geraten". Eine weitergehende Prüfung auf DNA-Spuren war daher nicht möglich gewesen.

Henry Albers aus Kiel hatte bereits dreimal seine Hilfe angeboten. Christian Landau war auch sehr interessiert an der Unterstützung, doch für eine Fallanalyse und der Erstellung eines sogenannten Täterprofils fehlte ihm einfach noch der Glaube an dieses Metier, das noch nicht so lange im Aufgebot der Kriminalitätsbekämpfung der BRD stand. Klar, Landau hatte viele Gespräche mit Henry Albers, der sich als gestandener Kripo-Praktiker für die Fallanalyse im LKA beworben hatte, geführt. Doch Albers war ja zunächst selbst neu auf dem Gebiet. Zu einem Streitgespräch war es gekommen, als Landau den DNA-Massentest vorbereitet hatte. Albers war mit dem Argument gekommen, dass man durch entsprechende Analysen den Kreis der Betroffenen hätte beschränken können. Landau hatte mit einer schroffen Ablehnung des Angebots ein heftiges Stirnrunzeln Albers' bewirkt. „Ich will alle. Alle, die in Bansdorf und Umgebung dafür in Frage kommen. Und das sind die sechshundert Männer, die wir ausgesucht haben", war die deutliche Devise von Landau gewesen. Versöhnlicher war dann sein Versprechen: „Wenn wir damit nichts werden, dann müssen wir noch mal zusammenkommen."

Aber dazu kam es nicht. Erst einmal.

Das 1. K in Klosterhausen hatte Hochkonjunktur.

Der Aufsehen erregende Fall einer urplötzlich aus ihrem Umfeld verschwundenen jungen Frau aus Klosterhausen hielt nicht nur die Ermittler in Atem. Sie waren sich sicher, dass die Frau umgebracht worden war. Sie wussten auch, wer dafür infrage kam. Doch erst ein langwieriger, kompliziert zu praktizierender Einsatz eines verdeckten

Ermittlers brachte Licht in das Dunkel dieses Verbrechens und letztlich auch die Aufklärung.

Danach war es zunächst nur ein Mord an einem Bewohner des Kellers von Klosterhausen, der Obdachlosenunterkunft. Schnell war der Tatverdächtige ermittelt, doch der war flüchtig. Dann wurde die Witwe eines Unternehmers von demselben Täter umgebracht. Und wäre die Fahndung nach dem Flüchtigen nicht schon Arbeit genug für die Beamten gewesen, nein, ein korrupter Polizist und sein starrköpfiger Revierleiter machten Christian Landau und seinem Team so viele Schwierigkeiten, dass die Lösung eines lange Jahre zurückliegenden Mordfalles einer Prostituierten beinahe nicht gelungen wäre.

Diese Arbeit, die die Kripo Klosterhausen bis ins finsterste Hamburger Rotlichtmilieu geführt hatte, sollte gut zwei Jahre dauern.

Jetzt, im Frühjahr 2007, wollte Landau sich noch einmal dem Fall aus Bansdorf widmen, in den er und seine Mitarbeiter bereits so viel investiert hatten. Landau dachte an Henry Albers und an sein Versprechen damals.

„Henry, wir müssen reden", waren seine Worte am Telefon. „Der Mord an Sandra Töllner, da müssen wir noch mal etwas versuchen."

Henry war überhaupt nicht nachtragend. Zwar erinnerte er sich noch an die Abfuhr seines damaligen Angebots, aber er wollte nicht in alten Sachen kramen. „Na, dann lass es uns versuchen. Hast du schon alles zusammen getragen?"

Landau hatte vorgearbeitet und einen Ordner für Henry mit den Unterlagen gefüllt, die für den Fallanalytiker wichtig waren. Der Tatortbericht, die Gutachten des LKA mit den Ergebnissen der kriminaltechnischen Untersuchungen, das Obduktionsgutachten der Rechtsmedizin, die Protokolle der Vernehmungen der Zeugen, die insbesondere etwas über das Opfer aussagten, Berichte über die Umstände der Tat, Hinweise auf das benutzte Tatfahrzeug, Erkenntnisse über das Mordwerkzeug.

Mit der Hildesheimer Dienststelle war abgesprochen, dass von dort die gleichen Unterlagen zur Verfügung gestellt wurden.

Die seit mehreren Jahren bestehende Verpflichtung, die Daten dieser schweren Verbrechen in eine spezielle Datenbank beim Bundeskriminalamt zu geben, hatte die Büroangestellte Claudia Kaufmann bereits erledigt.

Landau kündigte an, Fallanalytiker Henry Albers die Arbeitsunterlagen persönlich ins LKA zu bringen und schloss das Telefongespräch mit der flapsigen Bemerkung: „Ich bin gespannt, ob ihr etwas heraus bekommt, was wir noch nicht entdeckt haben." In diesen Worten spiegelten sich die Zweifel, die der Leiter des 1. Kommissariats an seiner nun schon seit zwei Jahrzehnten währenden Arbeit an dem Fall hegte. Hatte er etwas übersehen? Oder hatte ein Kollege eine Information nicht richtig eingeordnet? Die Arbeit der Kripo hatte sich in den vergangenen Jahren gewaltig verändert. War in den achtziger Jahren noch das gute alte Notizbuch das Instrument zum Aufnehmen von Informationen, so hatte im Jahrzehnt darauf die EDV Einzug in die Kripowelt gehalten. So mancher Kollege war aufgrund mangelnder Kenntnisse und Fertigkeiten im EDV-Wesen abgehängt worden. Die Landespolizei hatte zwar entsprechende Fortbildung im Programm, doch musste diese oftmals durch ‚learning by doing' ergänzt und gefestigt werden. Christian Landau war auch so ein Kandidat gewesen. Er propagierte lange Zeit die Meinung, dass das Arbeiten mit und am Menschen für die Kripo viel wichtiger sei als eine stumpfsinnige Computerarbeit. „Aus dem Bildschirm wird der Täter nicht herausspringen", pflegte er öfter zu schimpfen, wenn er seine Mitarbeiter stumm an den Geräten arbeiten sah. Im Laufe der Jahre änderte sich seine Einstellung zu dem Thema, die Arbeit fern vom Schreibtisch gefiel ihm jedoch immer noch besser. Er hatte gelernt, die EDV als Hilfsmittel anzunehmen, ohne das die Ermittler wohl hoffnungslos ins

Hintertreffen geraten würden. Die neuen Wege in der Kriminaltechnik waren ja auch nur Hilfen für bessere Arbeitsergebnisse und dazu gehörte eben auch die Analyse des Mordes an Sandra Töllner. Landau wusste, dass Henry Albers mit seinen beiden Kollegen, dazu einem Psychologen und einem Rechtsmediziner, die objektiven Fakten des Mordfalles ganz intensiv betrachten und hoffentlich gute Hinweise für einen erfolgreichen Abschluss geben würden.

*

Vier Wochen später waren Christian Landau und seine Mitarbeiter schlauer. Henry Albers stellte die Ergebnisse der aufwändigen und komplizierten Arbeit vor. Der schlanke Mittvierziger Albers war rhetorisch sehr geübt. Man merkte ihm förmlich an, wie er in dem Bemühen aufging, dass seine Worte bei seinen Zuhörern Akzeptanz fanden. Doch seine Präsentation der Fallanalyse war eine nüchterne Zusammenfassung dessen, was jeder im 1. K bereits wusste. Dennoch wirkten die Worte von Henry Albers nach. So komprimiert war das Geschehen noch nie dargestellt worden:

„Der Täter hat zielgerichtet in einer nicht erkennbar vorbereiteten Situation gehandelt. Sandra ist mit einer List, einem Versprechen oder ähnlichem gelockt worden und hatte Vertrauen gehabt, als der Täter das wehrlose Kind urplötzlich in sein Fahrzeug zwang. Keine Hinweise auf eine Fesselung sprechen dafür, dass die Kleine erheblich eingeschüchtert worden sein dürfte. Der Täter muss es genossen haben, das Kind über viele Stunden in seiner Gewalt zu haben." Henry Albers machte eine kleine Pause, wischte sich mit einem Taschentuch die Lippen und erklärte dann: „Ja, für ihn muss es ein Genuss gewesen sein, seine Macht über die Kleine auszuleben. Es gibt keine Spuren einer Sexualtat. Aber es spricht viel dafür, dass der

Täter das Quälen und das Töten als höchst stimulierend wahrnimmt."

„Mordlust also?" Lukas Grote schaute den Fallanalytiker forschend an, als er die Formulierung ansprach, die in dem Mordparagraph 211 steht.

„Das könnte man daraus schließen, wenn wir uns den Fall der Kripo Hildesheim dazu auch ansehen. In beiden Fällen finden wir keine Hinweise auf eine Sexualstraftat", sagte Albers und machte ein sorgenvolles Gesicht. „Wenn das tatsächlich so ist, dann hört so ein Täter nicht einfach auf. Der sucht sich neue Opfer."

„Wir haben aber seit der Hildesheimer Tat keine Fälle, die dem Mann zuzuordnen sind", meinte Landau. „Was könnte das bedeuten?"

Albers überlegte nicht lange. „Der Täter könnte vielleicht nicht mehr in der Lage sein, eine Tat zu begehen. Möglich, dass er tot ist. Bei dem von uns unterstellten Motiv ‚Mordlust' kann es auch sein, dass der Mann sich andere Opfer sucht." Albers unterstrich diese Möglichkeit, indem er laut und deutlich sagte. „Er will töten, er genießt die Macht zu töten, empfindet große Gefühle dabei. Die Mädchen wurden Opfer, weil sie für ihn leichte Beute waren. Das kann auf andere auch zutreffen."

„Kann er auch aufgehört haben mit dem Morden?", fragte Martina Bell.

„Wenn sich seine Lebensumstände ändern, sicher. Nur das Gefühl der Sehnsucht nach dem Töten steckt in ihm drin. Er kann nach außen trotzdem ganz normal wirken, verheiratet sein, Kinder haben. Irgendwann kann das Ungeheuer in ihm wieder ausbrechen." Die Antwort des Fallanalytikers zog seine Zuhörer weiter in den Bann. Für Landau und sein Team war es nicht nur ein alter Mordfall, den alle endlich lösen wollten. Sie spürten geradezu die Verantwortung, den Mörder zu finden, damit er nicht noch weitere Menschen umbringen konnte. Landau sprach an, was jetzt im Raum stand. „Was kann man nach der Analyse des Falles denn tun, um weiterzukommen?"

„Zunächst zur Person des Unbekannten. Er hat Bezüge nach Bansdorf und nach Hildesheim, denn dort hat er die Mädchen in seine Gewalt gebracht. Er ist also mobil." Henry Albers kannte die Ermittlungsakte sehr gut. Mit seinen Kollegen hatte er jede Information herausgefiltert, bewertet und in ein mögliches Szenario eingeordnet. So kam Albers auf den Hinweis zu sprechen, den Telse Staack aus der Hökerkate gegeben hatte. „Die Inhaberin des kleinen Hökerladens am Mühlenweg hatte auf einen hellen Kombi hingewiesen, der dort mehrfach aufgefallen sei. Der Fahrer sei so Mitte dreißig gewesen. Dem Müller Kornfeld vom Mühlenbetrieb ein Stück weiter war ein heller Kombi vor dem Mord ebenfalls aufgefallen."

„Diese Spur konnte nicht richtig weiter verfolgt werden", erklärte Landau. „Wir haben daran gedacht, als der Typ in Glücksburg aufgefallen ist. Das Phantombild, das Jahre später gemacht werden konnte, war zu vage, um uns darauf festzulegen."

Henry Albers schaute irritiert. Er war nicht gekommen, um die Arbeit der Klosterhausener zu kritisieren. Doch waren bei der Betrachtung der objektiven Fakten zwei Dinge aufgefallen, die er unbedingt ansprechen musste. „Die Hinweise aus dem Mühlenweg auf den hellen Kombi passen sehr gut zu dem hellen Mercedes-Kombi in Glücksburg und zu dem Mann, der dort beschrieben wird. Wir haben allerdings einen Abgleich mit den Informationen aus dem Hildesheimer Fall vermisst", kritisierte Albers nun doch, was dazu führte, dass sich das Gesicht Landaus verfinsterte. „Mit den Kollegen in Hildesheim waren wir ständig in Kontakt", brummte er und jeder der Anwesenden im Raum hörte die Verstimmung heraus.

„Davon steht aber nichts in der Akte", entgegnete Albers und wollte mit seinen Ausführungen fortfahren.

„Moment", unterbrach Landau, „das kann natürlich sein. Aber die entsprechenden Gedanken haben wir uns schon gemacht. Und wir haben gemeinsam mit den Niedersachsen nichts gefunden, was uns geholfen hätte. Außerdem war in Niedersachsen noch diese verheerende Panne passiert." Albers lenkte ein. Er wollte keinen Streit. „Und dann komme ich als weiser Mann von der Behörde mit dem höheren Sachverstand und erzähle euch, wie man es richtig machen muss", lästerte er über sich selbst und nahm damit das Gift aus der Veranstaltung. „Wir haben in der Fallanalyse ja auch die Fakten aus dem Hildesheimer Fall betrachtet. Die Parallelen sind erstaunlich. Beide Fälle gehören zusammen, aber soweit seid ihr ja schon vor zwanzig Jahren gewesen."

In seinen Empfehlungen für die weitere Arbeit gab er unter anderem den Ratschlag, dass die Veröffentlichung des Phantombildes neue Hinweise bringen könnte. Die Möglichkeit, dass der Täter einen hellen Mercedes-Kombi benutzt haben könnte, sollte bei allen weiteren Überprüfungen Beachtung finden.

Freitag, 15. Juni 2007

Lutz Röhler war ein unangenehmer Zeitgenosse gewesen. Seine Artikel im Klosterhausener Tageblatt hatten Christian Landau nicht nur einmal heftig verstimmt. Röhler hatte in dem Blatt Stimmungsmache gegen die Polizei betrieben. Immer wieder, auch im Mordfall Töllner, wie Landau noch genau erinnerte. Nachdem Röhler seine haltlosen Vorwürfe in einer Bansdorfer Raubserie gesteigert hatte, war Landau aktiv gegen den unliebsamen Journalisten vorgegangen, indem er den Chefredakteur über seinen Mitarbeiter Röhler darüber aufklärte, was Röhler bei den Lesern der Zeitung auslöste. Röhler muss danach in sich gegangen sein. Er bemühte sich seitdem um spannungsfreie Begegnungen mit Landau und schrieb als Polizeireporter Artikel, die sowohl objektiv als auch informativ waren und den Leser fesselten. Es hatte dennoch eine Zeit gedauert, bis Landau mit Röhler ohne Vorbehalte kommunizierte. Carsten Fedders, der routinierte und langjährige Pressesprecher der Polizei Klosterhausen war ja eigentlich für die Auskünfte an die Presse zuständig. In diesem Fall hatte Landau jedoch mit Fedders abgemacht, dass er die Pressemeldung mit dem Polizeireporter Röhler bespricht. Lutz Röhler sagte zu, die ausführliche Meldung im Landesteil und damit auch in allen Regionen des Landes zu veröffentlichen, auch das erstmals in die Zeitung gestellte Phantombild gehörte dazu. Es mag an den sich überstürzenden Ereignissen im nahen Niedersachsen gelegen haben, dass Röhlers Artikel nicht so wie gedacht erscheinen konnte. Die erschütternden Berichte über den siebenfachen Mord in einem China-Restaurant im Frühjahr in Sittensen und die nach und nach erfolgten Festnahmen vietnamesischer Tatverdächtiger verdrängten den Artikel über den Mädchenmord in Bansdorf vor zwanzig Jahren an die Stelle einer Randnotiz.

Brauchbare Hinweise zum Mord an Sandra Töllner gingen bei der Kripo Klosterhausen nicht ein.

*

Einen Leser interessierte der Bericht enorm und sorgte bei ihm für Herzrasen. Jahrelang war es ruhig geblieben, er hatte nichts mehr gehört. Nach dem schweren Unfall auf der Autobahn vor sieben Jahren war er für lange Zeit überhaupt nicht in der Lage gewesen, an das zu denken, was ihn mit seinem blauen VW-Bus nach Steinhude getrieben hatte. Über Monate wusste er es auch nicht, weil er sich an nichts erinnern konnte. Seine Vergangenheit war für ihn wie ausgelöscht. Die schweren Schädelverletzungen wären beinahe tödlich gewesen, hatte der Arzt der Intensivstation ihm erklärt, als er nach drei Wochen aus dem künstlichen Koma erwacht war. Neben den schweren Kopfverletzungen hinderten ihn multiple Brüche an beiden Armen und am rechten Bein, an ein zukünftiges Weiterleben ohne Beeinträchtigungen überhaupt zu denken. Monatelang war er gefesselt in Gipsverbänden und Schienen, sein Leben nur noch ein Vegetieren ohne Hoffnung und mit Schmerzen. Etliche Operationen und Reha-Maßnahmen später war er zunächst in der Lage, sich mit einem Rollator ganz langsam zu bewegen. Für ihn nach so langer Zeit im Krankenhaus eine Hoffnung, dass er wieder in Evenfleth in seinem Haus leben könnte. Und so war es auch gekommen. Als Einzelgänger, der er immer war, wohnte er nun wieder in dem ererbten Haus. Bis auf den Post- und Zeitungsboten suchte niemand das in einem mittlerweile erbärmlichen baulichen Zustand befindliche ehemalige Hansen-Haus auf. Da er mietfrei wohnte, kam er, geizig wie er immer gewesen war, mit der ihm mittlerweile zugestandenen Erwerbsunfähigkeitsrente gut aus. Verbissen hatte er trainiert, sich wieder ohne den lästigen Rollator bewegen zu können. Und tatsächlich, es funktionierte. Zwar wirkten seine Schritte nicht mehr so gleichmäßig wie vor dem Unfall, doch das leichte Humpeln ließ sogar zu, dass er recht schnell vorankommen konnte. Er wollte sein Leben nicht nur in dem schäbigen Haus fristen, er wollte noch mal wieder los. Die Erinnerungen waren nach und nach wieder da gewesen, und damit auch die Sehnsucht, dass alles noch einmal so sein könnte, wie er es damals genossen hatte. In den Dithmarscher Nachrichten hatte er sich lange nach einem fahrbaren Untersatz umgesehen und im Frühjahr einen alten Toyota Corolla mit Automatik gefunden. Der Anbieter, ein Meldorfer Rentner, hatte ihm das Auto für tausend Euro verkauft und vor die Tür gestellt. So war er wieder mobil geworden, durch intensive Körperübungen hatte er seine unfallbedingten Einschränkungen beim Fortbewegen stark minimieren können. Er war sofort wieder unterwegs gewesen, als er den

Corolla hatte. Es war noch in der Vorsaison und seine erste Tour hatte ihn ganz bis auf die beliebte Ferieninsel Fehmarn geführt. Beinahe hätte er zugeschlagen, als er am Flügger Strand einen Zehnjährigen, der ganz allein mit seinem Fahrrad auf einsamer Strecke unterwegs gewesen war, angesprochen hatte. In seinem Blaumann hatte er die Motorhube des Corrolla geöffnet und eine Panne vorgetäuscht. Es wäre leicht gewesen, den Jungen in den Corolla zu zerren, keine Menschenseele war weit und breit in der Nähe. Doch eine Überlegung hatte ihn dann doch gehindert. Er kannte sich nicht gut genug aus auf der Insel, um möglichst schnell mit seinem Opfer in ein geeignetes Versteck gelangen zu können. Daher hatte er den Angriff auf den Jungen gar nicht erst versucht, sondern doch lieber erstmal die große Insel erkundet. Und keine drei Stunden nach seinem ersten Kontakt mit einem Kind, galt seine Aufmerksamkeit einem nur wenig jüngeren Mädchen, das an der Steilküste in der Nähe vom Katharinenhof zwischen den großen Gesteinsbrocken Muscheln suchte. Ganz vorsichtig, ganz behutsam hatte er sich an die Kleine herangeschlichen, immer versteckt hinter den dort von den letzten Stürmen umgeknickten Bäumen. Das blonde Mädchen in seinem bunten Kleid hatte ihn nicht bemerkt, so intensiv war es mit der Muschelsuche beschäftigt. Unmittelbar bevor er die Kleine angesprochen hatte, war er seinerseits von einer lauten und sehr wütend klingenden Männerstimme angeherrscht worden. „Was wollen Sie von meiner Tochter? Machen Sie, dass Sie verschwinden, aber sofort." Der kräftige Mann hatte in einer Strandmulde gelegen und war jetzt aufgesprungen und bedrohlich näher gekommen. „Oh Entschuldigung, ich dachte, das wäre Laura, die Freundin meiner Tochter. Die ist nämlich mit uns hier auf dem Campingplatz beim Katharinenhof. Ich wollte sie überraschen. Da habe ich mich wohl geirrt. Entschuldigung noch mal." Der Vater des Mädchens blickte immer noch böse und schüttelte verständnislos seinen Kopf.

Der Fremde im Blaumann hatte sich noch einmal leicht in Richtung des Vaters verbeugt und war dann zunächst zögerlich, dann aber zügig fortgegangen. Für diesen Tag war es genug für ihn gewesen, um ein Haar wäre er erwischt worden. Die Angst davor überwog bei seinen weiteren Touren durch das Land mehr und mehr dem Verlangen, sich eines Kindes zu bemächtigen, um dann mit ihm das alles zu tun, was seiner Vorstellung entsprach. Nein er wollte seine Freiheit nicht verlieren. Das stand für ihn felsenfest. Und dennoch waren die anderen Gedanken immer wieder aufgeflackert. Eigentlich war seine Idee gewesen, an diesem schönen Junitag nach Eiderstedt zu fahren. Die ersten Urlauber hätten ihn interessiert, nur mal, um zu gucken, was sich ergeben hätte. Und nun dieser Artikel in der Zeitung! Ganz klein zwar, aber mit einem Phantombild. Gut, dass die lange Zeit auch Spuren in seinem Aussehen hinterlassen hatte. Der schlimme Unfall hatte ihn äußerlich noch zusätzlich verändert. Dann war da noch die Frage nach dem Mercedes Kombi? Dieser kleine Zeitungsartikel verwirrte ihn an diesem Tag. Er stellte seine Pläne, nun unbedingt los zu müssen, erst einmal zurück. Aber er würde es wieder tun, tun müssen. Er konnte nicht mehr anders.

Dienstag, 4. Juli 2017

Reinhard Lott war zurück. Er leitete nun die Direktion, zu der auch die Kripo Klosterhausen gehörte.

Vieles hatte sich in den vergangenen Jahren in der Polizei Schleswig-Holsteins geändert. Die Aufgaben im 1. K nicht. Christian Landau war mittlerweile der Dienstälteste der Kripo Klosterhausen, ihm gefiel die Arbeit immer noch. Auch seine Mitarbeiter mochten nicht wechseln. Bis auf einen waren alle noch an Bord. Gerrit Nielsen hatte es zwei

Jahre zuvor ins LKA gezogen, nachdem dort ein neues Sachgebiet für nicht geklärte Mordfälle eingerichtet worden war, die sogenannte Cold Case Unit. Für Nielsen war Kai Gellert gekommen, ein junger Kommissar. Landau hatte die Veränderungen in der Polizei registriert, sie betrafen ihn und sein Kommissariat aber nicht unmittelbar. So sah er sich eher in der Rolle eines kritischen Betrachters der Verhältnisse. Er hätte es nicht für möglich gehalten, dass Reinhard Lott ihm eines Tages in einer schmucken, dunkelblauen Polizeiuniform gegenüber sitzen würde. Lott, ein gründlich ausgebildeter Kripo-Fachmann. Ein guter Vorgesetzter, der genau wusste, worüber er sprach, wenn er sich in die Feinheiten der simplen Kriminalitätsbekämpfung einmischte. Einer der wegen seiner ausgezeichneten Fach- und Führungskompetenzen von allen Mitarbeitern anerkannt war. Und **der** Reinhard Lott war nun Chef von Schutz- und Kriminalpolizei. In den Augen Landaus hatte Lott sich nun auch um Dinge zu kümmern, für die er eigentlich gar nicht ausgebildet worden war. Als Beispiel nannte er häufig den großen und wichtigen Bereich des Verkehrswesens und das Führen von großen Einsatzlagen. Anderseits waren im Land bereits die Leiterposten von kriminalpolizeilichen Dienststellen mit Schutzpolizisten besetzt worden. Immerhin durfte Lott seinen Kripo-Dienstgrad tragen: Kriminaldirektor.

An diesem Tag saß Reinhard Lott im Besprechungsraum des 1. Kommissariats. Ganz so wie früher, als er noch Chef der Kripo war, dachte Landau. Doch die Uniform Lotts zeigte ihm mehr als deutlich, dass dem nicht mehr so war. Gleich nach Antritt seines Dienstpostens Anfang des Jahres war Lott dort gewesen und hatte sich erkundigt, wie es im Fall Sandra Töllner weitergegangen war. Der Bericht Landaus stellte ihn nicht zufrieden, daher hatte er darauf gedrungen, diesen nicht aufgeklärten Mord an die neue LKA-Dienststelle abzugeben. Sehr zum Verdruss von Christian Landau. Er hatte schon bei Einrichtung der Cold

Case Unit deutliche Kritik daran geäußert. Er sah sich als zuständig für seine alten Fälle an. Auch die noch nicht aufgeklärten Morde waren ständig präsent in seinem Kommissariat, selbst neue Sachbearbeiter hatten sich dieser Denkweise angeschlossen. Obwohl mit Gerrit Nielsen ein Mann aus seiner Dienststelle nun im LKA diesen Fall bearbeiten würde, hatte er sich dagegen ausgesprochen. Landau spürte auch die Verantwortung den Angehörigen gegenüber. Was hatte er mit den Eltern Sandras alles besprochen? Durch wie viele Tiefen war er mit ihnen gemeinsam gegangen? Er hatte den Eltern keine Versprechen gemacht, nie. Nur eines, dass er immer wieder versuchen würde, den Mord an Sandra aufzuklären. Und darauf hatten die Eltern vertraut, dass der Fall nie zu den Akten gelegt werden würde.

Sicher, nach der letzten großen Veröffentlichung in der Zeitung war kaum noch etwas zu unternehmen gewesen in dem Fall, weil sich einfach nichts angeboten hatte. Die regelmäßigen Abfragen der Meldesysteme nach ähnlichen Taten und die wiederkehrenden DNA-Abgleiche in der Datenbank waren selbstverständlich durchgeführt worden. Ohne Erfolg. Die Kontakte mit den Eltern waren von Landau mit großer Konstanz aufrechterhalten worden.

Susanne und Thomas Töllner wussten auch, wenn das Team von Landau in anderen Aufsehen erregenden Fällen unterwegs war. Fast hautnah hatten sie sechs Jahre zuvor das schlimme Schicksal von Marianne Petersen verfolgen müssen. Marianne war Mitarbeiterin des Bansdorfer Fuhrunternehmers Johann Thomsen gewesen und von heute auf morgen spurlos verschwunden. Ihr Ex-Freund war sehr schnell ins Visier der Mordkommission geraten, doch es hatte sehr lange gedauert, bis der Tod von Marianne völlig aufgeklärt und der Ex-Freund verhaftet werden konnte.

Auch über den gewaltsamen Tod einer 80Jährigen aus Klosterhausen im vorigen Jahr war im Tageblatt ausführlich berichtet worden. Der Enkel der alten Dame war der

Mörder gewesen. Als er festgenommen werden sollte, war er geflüchtet und später von der Kanalhochbrücke bei Brunsbüttel in den Tod gesprungen.

Kriminaldirektor Lott hatte gegen Landaus Überzeugung durchgesetzt, dass der Mord an Sandra Töllner seit Anfang des Jahres im LKA bearbeitet wurde. Ihm war nicht verborgen geblieben, dass mit dem zum LKA gewechselten Oberkommissar Nielsen und einem weiteren Kollegen nur zwei Sachbearbeiter mit dem Fall betraut waren. Nielsen delegierte auch gerne einzelne Ermittlungsschritte an seine ehemalige Dienststelle in Klosterhausen und fand in dieser Vorgehensweise wenig Verständnis bei Christian Landau. „Dafür hätten wir den Fall nicht abgeben müssen, wenn wir sowieso die Arbeit machen müssen", ereiferte er sich an diesem Nachmittag bei Reinhard Lott. Der wiederum fand es nicht gut, wenn Spannungen zwischen dem LKA und dem 1. K entstanden und damit den Erfolg gefährdeten. Er schlug versöhnliche Töne an. „Christian, du als alter Hase im Geschäft hast doch bestimmt sämtliche Varianten des zügellosen Führens parat. Da dürfte es dir doch nicht schwer fallen, auf deinen ehemaligen Sachbearbeiter Nielsen einzuwirken, oder?"

„Nun, im Grunde genommen sind die Dinge immer noch wichtig, bei denen wir schon nicht weiter gekommen sind. Das sind die Hinweise auf den Kombi, der durch die Ermittlungsakte geistert und der mit Wahrscheinlichkeit zum Mörder führen könnte." Während Landau diesen Gedanken aussprach, hatte er eine Idee, oder besser sogar zwei Ideen, die er in den nächsten Wochen gemeinsam mit dem LKA umsetzen wollte.

„Siehst du, das meine ich mit dem zügellosen Führen", schmunzelte Reinhard Lott, als Landau ihm seine Idee vorgestellt hatte.

Donnerstag, 3. August 2017

Es war viel zu besprechen und zu organisieren gewesen. Gerrit Nielsen war sofort Feuer und Flamme, als Landau ihm vorschlug, die Arbeit der Cold Case Unit an dem Fall durch offensive Pressearbeit öffentlich zu machen. In anderen Bundesländern war ähnlich verfahren worden. Das Interesse der Bevölkerung an dem Altfall steigerte sich dadurch enorm, so dass möglicherweise Hinweise von Zeugen, die sich bisher nicht gemeldete hatten, eingehen würden. Staatsanwalt Lautenberger stimmte zu, allerdings hatte er keine Veranlassung, an der ursprünglichen Belohnung in Höhe von 5000 DM für Hinweise im Fall Töllner etwas zu ändern. Nur dass es jetzt eben 2500 Euro waren, die als Belohnung zur Debatte standen. Christian Landau war es leid, sich über diese mickrigen Summen noch zu ärgern. Er hatte oft genug an verschiedenen Stellen angeregt, höhere Summen auszuloben. Es waren leider vergebliche Bemühungen gewesen.

Darüber hinaus hatten Landau und Nielsen sich mit der Securitel-Redaktion in Verbindung gesetzt, um den Fall aus 1987 noch einmal in der XY-Sendung auszustrahlen. Und das klappte. Schon in der August-Sendung sollte der Beitrag gesendet werden. Auch hier sollte die Meldung veröffentlich werden, dass der Mord an Sandra Töllner als Cold Case im LKA Kiel bearbeitet wird.

An diesem besonderen Tag im August saß Christian Landau in der Küche des Töllner Hofes in Bansdorf. Es war ein schweres Gespräch, das war ihm klar. An diesem Tag genau dreißig Jahre nach dem Mord an Sandra. Es hatte sich kaum etwas verändert auf dem Hof. Susanne und Thomas lebten so, wie Landau das Paar dreißig Jahre zuvor kennengelernt hatte. Feriengäste waren nach einiger Zeit wieder gekommen und genossen ihre Freizeit wie eh und je auf dem Ferienhof, der von den Töllners konsequent als Bio-Hof betrieben wurde. Nachwuchs hatten beide nicht mehr haben wollen, die Erinnerungen an Sandras Schicksal wogen zu schwer. Es hatte kaum einen dritten August in den vergangenen drei Jahrzehnten gegeben, an denen Landau nicht an die fürchterliche Tat und an Sandras Eltern hatte denken müssen. Manchmal hatte er zu diesem Tag auch den Kontakt gesucht, auch, wenn er keine Neuigkeiten mitbringen konnte. Das war an diesem Tag anders. „Wir müssen es noch einmal versuchen, vielleicht kommt doch etwas heraus", erklärte er den Eltern. „Mit der Spezial-Dienststelle im LKA haben wir das zusammen geplant. Es ist ein Versuch, den ich nicht versäumen möchte".

Die Eltern nickten beide. Ihre Gedanken waren wieder da, wo sie eigentlich seit dem schlimmen Tag im August 1987 immer gewesen waren. „Wissen Sie", brachte Susanne es auf den Punkt, „wir können uns überhaupt nicht vorstellen, dass niemand mehr versuchen würde, Sandras Mörder zu finden. Das hieße ja, dass unsere Sandra vergessen wird, so, als wäre sie nie da gewesen. Das geht nicht, Herr Landau. Für uns ist Sandra immer noch da. Jeden Tag, jeden." Landau verstand die Mutter. Er sah ihr lange in die Augen, die sich jetzt mit Tränen füllten. „Wir versuchen es."

Mittwoch, 9. August 2017

Im Münchner Studio hatte sich einiges verändert. Noch in diesem Jahr sollte ,Aktenzeichen XY-ungelöst' fünfzig Jahre alt werden. Seit fünfzehn Jahren moderierte Rudi Cerne nun die Sendung, die immer noch Millionen Zuschauer vor den Bildschirmen fesselte.

Die Stimmung im großen XY-Team war von den Studioassistenten, den Profis an der Kamera, über den Regisseur bis hin zum Moderator Rudi Cerne selbst immer noch so, wie Landau sie schon Jahre zuvor kennengelernt hatte. Hier wurden die schlimmsten Verbrechen Deutschlands, Österreichs und der Schweiz mit großer Sorgfalt und

Ernsthaftigkeit mit dem großen Ziel vorgestellt, endlich aufgeklärt zu werden. Dass sich die Idee der Sendung wirtschaftlich tragen musste, war jedem klar, wurde jedoch nicht als bedeutendes Element wahrgenommen. Die Lösung der Fälle stand ganz oben, so empfand Landau es an diesem Abend wieder.

Gemeinsam mit Gerrit Nielsen stellte er den alten Mordfall vor. Während Landau die Szenen aus der Sendung vom Dezember 1988 mit gezielten Fragen nach Zeugen ergänzte, war es Gerrit Nielsen, der Rudi Cerne und den Zuschauern über die Arbeit der Cold Case Unit interessante Einblicke gab. Landau hatte mit den Hildesheimer Kollegen vereinbart, dass er den Mord an Britta Tengelen auch ansprechen würde. Er sagte den Fernsehzuschauern, dass Britta Tengelen sehr wahrscheinlich demselben Mörder wie Sandra zum Opfer gefallen sei.

Alfred Hettmar, der Leiter der Hinweisaufnahme, konnte am Ende der Sendung in einer ersten Bilanz der Zuschauerreaktionen vermelden, dass sich für die Kripo Klosterhausen und für das LKA Kiel sehr interessante Informationen ergeben haben, die den Ermittlungsbehörden so noch nicht bekannt gewesen seien.

*

Im sogenannten Lageraum der Kripo Klosterhausen herrschte eine ausgesprochen optimistische Stimmung. Während der Sendung gingen schon Hinweise ein, die meisten davon im Münchner Studio. Martina Bell hatte in Klosterhausen einen Anruf entgegen genommen, der es in sich hatte. Das Gespräch wurde wie die anderen auch aufgezeichnet. Nach der Sendung sagte Martina: „Hört euch das hier mal an, das könnte etwas sein." Dann drückte sie eine Taste am Aufnahmegerät.

„Kripo Klosterhausen, Bell. Guten Abend."

„N'Abend, hier Schenck, Hildegard Schenck aus Hannover. Ich hab' gerade XY gesehen und kann was dazu sagen. Zu dem Mord mein' ich."

„Ja, Frau Schenck, welchen Fall meinen Sie?"

„Na, den mit dem Mädchen, das vor dreißig Jahren umgebracht wurde. Den Fall mein' ich."

„Ja, Frau Schenck. Was können Sie denn dazu sagen?"

„Da war mein Mann, äh, mein Ex-Mann ja unter Verdacht. Aber der war das nicht, das weiß ich genau. Der macht sowas nicht. Ich mein', er ist zwar auch nicht ganz sauber, aber einen umbringen, das macht er nicht."

„Wer ist denn ihr Ex-Mann?"

„Na, der Achim Schenck. Aber wie gesagt, der macht sowas nicht."
„Und was möchten Sie uns denn mitteilen, Frau Scheck?"

„Ach ich hab' das ja heute erst alles in der Sendung gesehen, das mit dem Kombi und so. Da ist mir was eingefallen, das ist bestimmt wichtig."

„Was meinen Sie, Frau Schenck?"

„Mein Mann hatte früher einen Kumpel. Die kennen sich schon von der Schule her. Die waren auch beim Bund zusammen. Kranke heißt der, Karsten Kranke. Alle haben Kaschi zu ihm gesagt."

„Und was ist mit dem Kranke?"

144

„Na, der ist so merkwürdig. Ist er immer gewesen. Ein echter Einzelgänger. Nur mit Achim kam er gut aus. Aber komisch war der immer schon, sag ich ihnen."

„Was meinen Sie damit, Frau Schenck."

„Na, er ist auch ein Grund mit dafür, dass es zwischen mir und Achim nicht geklappt hat. Kaschi hat Achim so oft abgeholt, und dann haben beide Mist gemacht."

„Was verstehen Sie darunter, Frau Schenck."

„Achim sagt, dass er das gar nicht wollte. Aber er war zwei Mal dabei. Kaschi wollte das, der hat hier auf dem Reiterhof nachts gelauert und Tiere verletzt. Mit einer Armbrust hat er nachts auf die Pferde geschossen. Achim hat ihm gedroht, dass er das nachlassen soll. Sonst würde er ihn anzeigen. Da hat Kaschi das nicht mehr gemacht, sagt Achim. Nachdem unsere Ehe in die Brüche gegangen war, weil Achim mehr mit Kaschi als mit mir unterwegs war, ist er nach Schleswig-Holstein gezogen. In so'n kleines Dorf. Da hat er als Vertreter in einer Mühle gearbeitet. Kaschi hat ihn dort ab und zu besucht, sagt Achim."

„Wo wohnt Kaschi Kranke denn?"

„Der hat früher hier in Hannover gewohnt. Dann hat er irgendwann ein Haus geerbt. Da ist er dann hingezogen, sagt Achim. Das ist da oben fast an der Nordsee, so'n kleines Dorf. Ach so, hätt' ich fast vergessen…"

„Ja, Frau Schenck, was hätten Sie fast vergessen?"

„Na, der Kaschi, der hatte damals so einen hellen Mercedes Kombi, so wie im Film bei XY. Den hat er sich vom Entlassungsgeld beim Bund gekauft."

145

Im weiteren Gespräch nahm Martina Bell noch die Kontaktdaten der Anruferin auf.

Lukas Grote zog die Stirn hoch, als er das Telefonat angehört hatte. Claudia Kaufmann hatte die Spurenakten am besten im Kopf und sagte. „Achim Schenck war damals unter Verdacht, der hatte sich nachts im Dorf rumgetrieben und bei den Leuten in die Fenster geguckt. Aber von einem Kumpel hat der nie was erzählt."

Während Martina Bell, Kai Gellert, Claudia Kaufmann und Lukas Grote im Lagerraum über den Wert des Anrufes von Hildegard Schenck diskutierten, versetzte eine Mitteilung Landaus aus dem Studio München alle in euphorische Stimmung. Der Kommissariatsleiter berichtete von einem Anruf einer Almut Dössel aus Evenfleth.

„Zuerst kam mir die Frau Dössel ja ein wenig gewöhnungsbedürftig vor, als sie von einem Einzelgänger in ihrem Dorf erzählte. Frau Dössel ist eher die sogenannte langatmige Zeugin und fing daher in ihrer Schilderung in den sechziger Jahren an, als sie zu ihren weitläufigen Nachbarn, den Hansens, noch ein tolles Verhältnis pflegte. Als die Hansens später verstorben waren, da hat ein Neffe das Haus geerbt. Karsten Kranke heißt er. Und auf den wurde ja bei euch schon während der Sendung hingewiesen. Laut Aussage von Frau Dössel ein sehr merkwürdiger Kerl…"

„Dann haben wir ihn ja", unterbrach Martina Bell ihren Chef und ballte ihre rechte Hand zur Faust. „Komm bloß schnell zurück, damit wir uns um den Kranke kümmern."

„Moment", merkte Landau nun streng an. Er war kein Freund von Schnellschüssen. „Nichts überstürzen. Wir müssen genau wissen, mit wem wir es zu tun kriegen."

Freitag, 11. August 2017

Christian Landau war am Tag zuvor mit Gerrit Nielsen zusammen zurückgekommen. Die Vorbereitungen für den heutigen Tag hatten bis in die späten Abendstunden gedauert. Um Punkt acht Uhr stand der Mercedes-Viano des 1. K vor dem heruntergekommenen ehemaligen Wohn- und Wirtschaftsgebäude in Evenfleth. Etwas abgesetzt davon stand ein weiter Dienstwagen. In ihm warteten Hans Gerlach und Clarissa Scheunemann, beide von der Kriminaltechnik der Kripo Klosterhausen. Gemeinsam mit Gerrit Nielsen und Martina Bell stieg Landau aus dem blauen Mercedes-Van. Ein roter Toyota Corolla älterer Bauart stand neben dem Hauseingang und signalisierte den Ermittlern, dass der Halter dieses Fahrzeugs wahrscheinlich zu Hause sei.

Der Vertreter des Kommissariatsleiters, Lukas Grote, hatte den Auftrag, parallel zu dem Einsatz in Evenfleth mit Claudia Kaufmann und Kai Gellert zusammen in Bansdorf Achim Schenck aufzusuchen und zu seinem Kumpel Kaschi zu befragen.

Landau spürte eine innere Unruhe, als er aus dem Fahrzeug stieg. Gleich würde der Einsatz anlaufen und erst zu Ende sein, wenn eindeutig Klarheit geschaffen wäre. Er war früher als sonst wach geworden. Seine Gedanken kreisten seitdem um das, was sich heute ereignen sollte. Die Unruhe jetzt war für Landau normal. So war es ihm immer ergangen, wenn ein bedeutender Einsatz beginnen sollte. Das gehörte seiner Meinung dazu, sonst wäre er nicht optimal motiviert, fand er immer. Dieses Kribbeln, dieses noch Ungewisse, was die nächsten Stunden erbringen würden. Sollte es an diesem Tag im August gut dreißig Jahre nach dem Mord endlich zur Aufklärung kommen? Man würde sehen. Auch Martina und Gerrit war es anzumerken. Sie wussten, dass es heute um eine Entscheidung ging.

Am Abend zuvor waren mehrere Varianten diskutiert worden, wie man Karsten Kranke angehen sollte. Gerrit Nielsen hatte votiert, den Verdächtigen mit einem Sondereinsatzkommando aus seinem Haus zu holen. Er sei doch ein Gewalttäter, ein mehrfacher Mörder. Landau, der die Verdachtslage schon nachmittags mit Staatsanwalt Lautenberger besprochen hatte, war anderer Meinung gewesen. „Gewiss, Gerrit, Karsten Kranke ist im Moment die Nummer eins unter den Verdächtigen. Viele Indizien sprechen dafür, dass er unser Mann ist. Aber einen Beweis haben wir noch nicht. Es sei denn, dass wir ihn mit seiner DNA eindeutig identifizieren können". Landau hatte seine Haltung gegen einen SEK-Einsatz in Evenfleth begründet und dann entschieden: „Das machen wir lieber auf die herkömmliche Art. Ohne maskierte Kollegen, ohne hartes Anklopfen an der Haustür und ohne Maschinenpistole." Für Landau war wichtig, mit dem Verdächtigen ins Gespräch zu kommen. Diese Variante wäre durch das martialische Auftreten von Sondereinsatzpolizisten möglicherweise von vorn herein verbaut.

Er klopfte an die verwitterte Eingangstür. Nichts rührte sich im Haus. Landau drückte die Klinke herunter. Die Tür war nicht verschlossen. Er öffnete sie einen Spalt. „Herr Kranke, hallo! Herr Kranke, hier ist die Polizei, können wir Sie einmal sprechen?" Aus einem Raum im hinteren Bereich des Hauses machte sich eine männliche Stimme bemerkbar. „Moment, ich komme gleich." Landau stieß die Tür ganz auf und fasste mit der Rechten an seine Dienstpistole. Martina und Gerrit zogen ihre Waffen und stellten sich rechts und links an die Hausecken, so dass sie den hinteren Teil des Grundstückes einsehen konnten.

Karsten Kranke war mit einem dunklen, schmuddeligen Jogginganzug bekleidet, als er aus seinem Schlafzimmer in den Hausflur trat. Unsicher, zögernd und sichtbar nervös kam er langsam auf den in der Haustür stehenden Landau zu. Seine Stimme klang heiser, er hustete leicht. „Ja, was ist? Was wollen Sie von mir?"

Landau ließ seine Dienstpistole im Holster. Er beobachtete jede Bewegung des Verdächtigen. Er wusste, dass gerade diese Momente ausschlaggebend dafür sein könnten, wie sich ein Verdächtiger weiterhin der Polizei gegenüber verhalten würde. Höflich aber bestimmt antwortete der Hauptkommissar: „Herr Kranke, wir müssen etwas mit Ihnen besprechen. Sie sind doch Herr Karsten Kranke?"

Kranke blieb im Flur stehen. Die Strahlen der Morgensonne erhellten den länglichen Flur. Unrasiert mit fettigen, dunklen, ungekämmten Haaren stand der Verdächtige dort. „Ja, äh, ja, das bin ich. Kranke. Karsten Kranke."

Inzwischen waren Martina und Gerrit ebenfalls an der Eingangstür, hielten ihre Waffen noch in ihren Händen. Verwirrt starrte Kranke auf die Waffen. „Was wollen Sie von mir? Ich habe nichts gemacht."

„Wir sind von der Mordkommission Klosterhausen und haben einige Fragen", erklärte Christian Landau weiterhin in freundlichem Ton. Er signalisierte mit einer Handbewegung, dass Martina und Gerrit ihre Waffen einstecken sollten.

„Mordkommission? Was will die denn von mir?" Kranke kam langsam näher. Als er bei Landau an der Tür stand, hörte er die Antwort. „Wir haben Hinweise darauf, dass Sie vor dreißig Jahren mit dem Mord an einem kleinen Mädchen zu tun haben könnten. Das wollen wir mit Ihnen klären, Herr Kranke. Kommen Sie bitte mit uns."

Die anfangs rötliche Gesichtsfarbe des Mannes verblasste augenblicklich. Er schluckte trocken und ging leicht humpelnd mit zum Dienstwagen.

„Setzen Sie sich hier hinten auf die Rückbank", forderte Landau ihn auf, als er die seitliche Schiebetür des Mercedes Kleinbusses geöffnet hatte. Gerrit Nielsen nahm den Platz neben Kranke auf der Rückbank ein, während Martina Bell sich ans Steuer setzte. Zuletzt stieg Landau in den Wagen.

Sein Platz direkt gegenüber Kranke ermöglichte es, dem Verdächtigen direkt ins Gesicht sehen zu können. Nur ein klappbarer Tisch war zwischen dem Verdächtigen und dem Ermittler. Karsten Kranke blickte auf die kleine Tischplatte. Nur ganz kurz hatte er in die Augen des Kriminalbeamten gegenüber gesehen und seinen Blick sofort wieder gesenkt. Landau überlegte einen Moment, dann entschied er sich, schon hier im Auto mit dem Gespräch zu beginnen. Kranke war offensichtlich sehr unter Spannung. Es wäre taktisch nicht klug, ihn jetzt im Ungewissen zu lassen.

„Herr Kranke, auf Sie wurde hingewiesen", begann Landau das Gespräch. Leise. Dennoch deutlich. Und für Kranke wie ein Pfeil, der ihn traf. Er zuckte mit dem Mundwinkel. Schaute hoch. Schüttelte den Kopf.

„Doch. Zuschauer der XY-Sendung am Mittwoch haben angerufen und auf Sie hingewiesen. Sie könnten der Mörder des kleinen Mädchens aus Bansdorf sein."

Kranke schüttelte den Kopf. „Nein, das kann nicht sein."

„Herr Kranke, ich muss zunächst sagen, dass Sie deshalb ein Beschuldigter sind. Beschuldigte haben Rechte. Auf diese Rechte will ich Sie erst einmal hinweisen." Landau belehrte Kranke förmlich, wie er es immer tat, bevor er mit einem Beschuldigten ins Gespräch ging. Auf die Förmlichkeit legte er großen Wert. Zu groß war die Gefahr, dass alles, was ein Mann wie Kranke dann von sich gab, vom Gericht als nicht verwertbar angesehen werden könnte.

„Haben Sie die Belehrung verstanden, Herr Kranke?"

Kranke nickte leicht. „Ja. Aber ich hab' nichts getan."

„Wenn Sie nichts getan haben, dann werden wir das herausfinden, Herr Kranke. Darauf können Sie sich verlassen. Hundertprozentig."

Kranke sah hoch. Falten zogen sich über seine Stirn.

„Ehrlich, ich habe mit einem Mord nichts zu tun."

„Dann ist ja gut. Waren Sie schon mal in Bansdorf?"

„Bansdorf? Wo ist das?"

„Ganz in der Nähe von Klosterhausen. Waren Sie schon mal in Bansdorf, Herr Kranke?"

Kranke schüttelte den Kopf. „Nee, war ich noch nie."

Landau ließ sich nichts anmerken, wollte ihm diese Lüge nicht vorhalten, noch nicht. „Haben Sie mal einen Kombi gefahren, Herr Kranke."

„Kombi, nee habe ich nicht", log er wieder.

„Einen Mercedes-Kombi, einen hellen?"

„Nee, hatte ich nicht."

„Sie wissen, dass wir das prüfen können?"

Kranke spitzte die Mundwinkel, seine Blicke wanderten hin und her. Er rieb seine Hände ineinander. Er schwieg.

Kurz zuvor hatte Gerrit auf sein Smartphone gesehen. Er zeigte Landau die eingegangene Textnachricht von Lukas Grote.

„Kennen Sie einen Achim Schenck?", fragte Landau. Seine Stimme war nun nicht mehr freundlich, verbindlich. Seine Stimme war laut und streng.

Kranke schluckte, dann nickte er.

„Herr Kranke, Sie haben mich angelogen. Warum lügen Sie mich an? Sie waren mehrfach in Bansdorf. Und sie haben früher einen Mercedes Kombi gehabt, einen beigefarbenen Mercedes Kombi."

Kranke senkte seinen Blick wieder.

„Herr Kranke, Sie müssen jetzt mit uns kommen. Sie stehen im Verdacht, vor dreißig Jahren in Bansdorf die Schülerin Sandra Töllner ermordet zu haben. Wollen Sie uns etwas dazu sagen?"

Kranke schwieg weiter und schlug beide Hände vors Gesicht. Landau konnte nicht sagen, ob der Beschuldigte verstanden hatte, dass Beamte der Spurensicherung nun sein Haus und sein Auto durchsuchen würden, während er mit zur Kripo nach Klosterhausen kommen müsste.

*

„Na, wie war das Gespräch mit Achim Schenck", wollte Landau von Lukas Grote wissen, als er wieder in seinem Kommissariat angekommen und den Beschuldigten Karsten Kranke in den Vernehmungsraum gebracht hatte, wo Gerrit mit Claudia Kaufmann zusammen dessen Vernehmung vorbereitete.

„Der war bockig, kann ich dir sagen", antwortete Grote und schaute nachdenklich. „Er hat die XY-Sendung gesehen, uns aber keinen Hinweis gegeben, weil er damals von der Kripo angeblich so mies behandelt worden sei. Außerdem traut er seinem alten Kumpel Kaschi so eine schlimme Tat gar nicht zu."

Landau schüttelte nur seinen Kopf und ging in den Vernehmungsraum.

„Sind Sie mit der freiwilligen Abgabe einer Speichelprobe einverstanden?" Mit dieser Frage eröffnete Landau das Gespräch mit Karsten Kranke. Der schaute fragend in die Runde. Er wirkte unsicher, sagte nichts.

„Wenn Sie ablehnen, hole ich mir eine Anordnung vom Richter. Also was ist?"

Kranke räusperte sich. Mit heiserer Stimme antwortete er.

„Nee, ist gut. Ich gebe sie freiwillig."

Gerrit Nielsen hatte schon vorgearbeitet. Er zog sich Einmalhandschuhe über, riss eine längliche Verpackung auf, entnahm ihr das Probestäbchen mit dem Watteknauf an einem Ende, schob dem Beschuldigten das Stäbchen in den Mund, rieb es an der Wageninnenseite hin und her, steckte es dann in einen Plastikzylinder und verschloss diesen mit einer Plastikkappe. Danach beschriftete Nielsen das Etikett des Zylinders mit den Initialen Krankes.

Parallel dazu schob Claudia Kaufmann dem Beschuldigten eine vorbereitete Einverständniserklärung hin. „Hier bitte einmal unterschreiben", sagte sie. Kranke unterschrieb die Erklärung ohne weitere Nachfrage.

Christian Landau hatte während dieser Zeit seinen Blick nicht von Kranke abgewandt.

„Sie wissen, was es bedeutet, wenn diese Probe positiv ist?" Karsten Kranke starrte Landau mit leicht geöffnetem Mund und weit aufgerissenen Augen an. Spannung stand in der Luft. Jeder im Vernehmungsraum spürte sie. Landau hatte mit Krankes Vernehmung noch gar nicht angefangen, und doch war er bereits mittendrin. Es war ein Gespräch ohne Worte, ein ganz tiefgehendes Gespräch. Landau sah dem Mann auf dem hölzernen Vernehmungsstuhl nun schon fast drei Minuten fest in die Augen. Gerrit und Claudia hatten den Eindruck, als schaue Landau gerade in die Seele des Mannes. Kranke wich dem Blick nicht aus. Schweiß trat auf seine Stirn. Der Unterkiefer bewegte sich fortwährend. Die Lippen zitterten. Er knetete beide Hände ineinander. Es arbeitete in ihm. Kranke zeigte mehr als deutlich, dass er sich ertappt fühlte.

„Was möchten Sie sagen?" Landau stellte diese Frage ganz leise, fast gehaucht. Er rückte näher an Kranke heran, sein Blick immer noch auf das entsetzte Gesicht des Mannes gerichtet, den er jahrzehntelang gesucht hatte. Ja. Landau war sicher, dass der Mörder von Sandra vor ihm saß. Und der hatte im Moment überhaupt keine Chance mehr, dies zu verbergen. So, als ginge ein Ruck durch seinen Körper begann er ganz langsam leise, heiser und hüstelnd zu sprechen. „Ja, das ist mir passiert." Sein Blick fiel nun von Landau ab, er sah auf die Tischplatte vor sich. Er fuhr fort. „Ich, ich wollte das nicht. Bestimmt nicht. Ich musste." Karsten Kranke atmete tief ein und aus, bevor er stockend weiter sprach. „Da, da ist dann was in mir drin. Dann muss ich das tun. So ein Gefühl ist das. Ich kann mich nicht dagegen wehren." Den letzten Satz sprach er schneller. Es wirkte so, als wollte er sich entschuldigen. Kranke hob seinen Kopf und sah Landau an.

„Wollen Sie erzählen, wie es passiert ist?" Behutsam stellte Landau die Frage, er wollte Kranke am Reden halten.

„Da war wieder diese Unruhe in mir. Ich musste los. Ich hatte das Mädchen schon mal gesehen, als ich in Bansdorf bei Achim Schenck gewesen war. Es war auf dem Rad an der Mühle vorbei gefahren. Da bin ich hin. Und da kam es wieder auf dem Rad." Diese Sätze gingen Kranke zügig über die Lippen, und Claudia hatte fast Mühe, seine Worte protokollieren zu können. Er redete, ohne aufzusehen. Nun stockte er, wischte sich mit der Hand über die schweißnasse Stirn, schluckte mehrfach.

„Und was geschah dann?"

Weiter Schweigen.

„Herr Kranke, was ist dann passiert?"

„Als ich sie sah, da war das Gefühl da. Dagegen kann ich mich nicht wehren, konnte ich nie. Ich, ich musste es tun."

Landau wartete. Er sah, dass es in dem Mann brodelte. Er sah, dass etwas aus ihm herauskommen sollte. Mehrere Minuten Schweigen. Kranke kämpfte. Mit sich. Gegen sich. Er wollte erzählen, und es fiel ihm so schwer. Dann wieder ein innerer Ruck, Kranke machte sich ein wenig gerade.

„Ich hab' sie vom Rad gerissen und ganz schnell hinten in mein Auto geworfen. Dann bin ich schnell weg."

„Und dann?"

„Zum Autobahnparkplatz bei Hohenfelde. Da an einem Feldweg ist es passiert. Aber dann kam ein Auto, da bin ich weg."

„Was ist passiert?"

„Ich wollte das nicht. Sie musste tot. Ich konnte nichts dagegen machen. Dieses Gefühl – ich musste. Ging nicht anders. Wirklich. War immer schon so."

„Was geschah dann?" Landau stellte in dieser Phase der Vernehmung zunächst diese offenen Fragen, um Kranke in seinen Antworten nicht durch Fragen zu beeinflussen.

„Hinterm Knick hab' ich sie abgelegt. An dem Parkplatz zwischen Bansdorf und Klosterhausen.

„Wie haben Sie das Mädchen umgebracht?"

Karsten Kranke sank wieder in sich zusammen, hielt beide Arme über seinen Kopf, als wolle er sich verstecken. Landau konnte kaum seine Worte verstehen, als er die

Antwort murmelte. „Mit ihrem Pullover. Ärmel um den Hals, dann zugezogen. Immer wieder. Sie war dann ruhig."

„Warum mit dem Pullover?"

„Ich wollte nichts nehmen, was mir gehört?"

„Warum?"

„Hätte auf mich hinweisen können."

„Wie oft haben Sie mit den Ärmeln den Hals zugezogen?" Kranke sah Landau an, schob beide Schultern hoch. „Weiß nicht. Öfter."

„Wie lange dauerte das?"

Wieder zog Kranke die Schultern hoch. „Paar Minuten."

„Haben Sie dem Mädchen den Pullover ausgezogen?"

Kranke nickte.

„Haben Sie das Mädchen unsittlich berührt?"

Der Beschuldigte schüttelte entgeistert den Kopf hin und her. „Nee, hab' ich nicht."

„Waren Sie sexuell erregt, als das Mädchen bei ihnen im Auto war?"

„Nee, war ich nicht. Das war anders. So als würde ich gesteuert. Konnte mich nicht wehren dagegen. Musste es tun. Das Gefühl hat es mit mir gemacht. Sie musste mit. Sie musste tot."

„Was haben Sie gefühlt, als sie den Hals mit den Ärmeln zuzogen?"

Landau sah seinem Gegenüber an, dass er sich in die Tatsituation versetzte. Kranke blickte an die Zimmerdecke, schloss beide Augen, lächelte leicht. „Ein mächtiges Gefühl, richtig herrlich."

Sowohl Landau als auch Claudia am Schreib-PC und Gerrit ließen sich bewusst nicht anmerken, wie abscheulich sie es empfanden, dass der Mörder in diesem Augenblick in der Erinnerung an die Qual und den Tod Sandras regelrecht schwelgte.

Nüchtern und um Sachlichkeit bemüht, stellte Landau die nächste Frage: „Sie sagten, dass sie öfter zugezogen haben. Warum taten Sie das?"

Kranke hatte sein Gesicht mit geschlossenen Augen immer noch zur Decke gerichtet. Fast melodisch antwortete er: „Ich habe ihr wieder Luft gegeben. Dann konnte ich wieder zuziehen und das schöne Gefühl war wieder da. Und dann wieder. Und dann wieder."

„Wie war es für Sie, als Sie nicht wieder losgelassen haben, das Mädchen also gestorben ist?"

Kranke antworte wie in Trance. „Darauf lief es doch hinaus. Ein wahnsinnig schönes Gefühl. Sie musste tot. Das musste so sein."

„Wie lange fühlten Sie sich so gut?"

Jetzt erst öffnete Kranke die Augen und sah Landau an. „Bis kurz danach. Dann musste ich sie loswerden. Hab' mich dann darum gekümmert. Aber immer wenn ich nur daran dachte, da war das schöne Gefühl wieder da."

„Haben Sie sich danach gesehnt, dass das schöne Gefühl wieder kommt?"

„Ja, immer wieder. Und deshalb…." Kranke stockte in seiner Antwort. Er hatte einen Satz begonnen, den er gar nicht sagen wollte. Landau reagierte sofort, kam noch ein Stück näher an Kranke heran, legte seine rechte Hand auf seinen rechten Unterarm und ergänzte den angefangenen Satz: „…deshalb haben Sie sich wenige Wochen nach dieser Tat ein weiteres Mädchen geholt, nicht wahr?"

Es dauerte einige Augenblicke. Kranke rieb sich wieder seine Hände, von seiner Stirn lief ihm wieder der Schweiß, er hüstelte wieder, schluckte mehrfach trocken. Dann nickte er ganz langsam, wie in Zeitlupe.

„Wo?"

„Hildesheim", antwortete Kranke ganz leise.

Die Aussage zum Mord an Britta Tengelen war nur anfangs etwas holperig. Karsten Kranke musste wohl irgendwie realisieren, dass ihm nun auch diese Tat angelastet wurde. Nach gut dreißig Minuten äußerte er sich dann genauso, wie er es vorher im Fall Sandra Töllner gemacht hatte. Wie von den Ermittlern schon 1988 festgestellt worden war, zeigten beide Mädchenmorde erstaunliche Parallelen im Handlungsablauf. Die damalige Vermutung, dass es sich um ein und denselben Täter handeln dürfte, wurde nun durch das Geständnis von Karsten Kranke bestätigt. Zur Tatbekleidung sagte Kranke aus, dass er immer seinen Blaumann getragen habe, weil er den schnell wieder waschen konnte.

Gegen 14.00 Uhr wurde die Vernehmung unterbrochen, weil Kranke angab, Hunger zu haben und daher um Essen bat. Diese Unterbrechung nutzte Landau dazu, die Ergebnisse der Hausdurchsuchung mit den Spurensuchern Clarissa Scheunemann und Hans Gerlach zu besprechen. Dadurch bekam Christian Landau Informationen, die er am Nachmittag bei der Fortsetzung der Vernehmung gleich einbringen konnte.

Im Vernehmungsraum saßen die Beteiligten wieder auf ihren Plätzen, als es um halb drei weiterging. Landau diktierte seine erste Frage, das Protokoll schrieb Claudia weiter am PC.

„Herr Kranke, Sie haben heute zwei Mädchenmorde gestanden. Haben Sie noch weitere Menschen getötet?"

Karsten Kranke war diese Frage offensichtlich sehr unangenehm. Er drehte sich weg und starrte gegen die Wand. Nach einigen Augenblicken die Antwort: „Nein."

Landau ließ ihn nicht aus den Augen, als er aus seiner Aktentasche neben sich einen durchsichtigen Asservaten-beutel mit Inhalt fingerte.

„Kennen Sie die hier?" Landau deutete auf die Pistole, die sich in dem Beutel befand. Eine Walther P1, 9 mm. Kranke war durch das Rascheln des Asservatenbeutels aufmerksam geworden und erschrak, als er die Waffe sah. Mit seiner Antwort zögerte er noch.

„Kennen Sie diese Pistole, Herr Kranke? Die hat mein Kollege vorhin im Handschuhfach ihres Toyota gefunden. Was sagen Sie dazu?"

„Ja, das ist meine Pistole, stimmt."

„Woher haben Sie die Waffe?"

„Noch von der Bundeswehr. Die hat ein Kamerad beim Manöver verloren. Ich habe sie gefunden und behalten."

„Und woher kommt die scharfe Munition?"

„Ich war damals öfter beim Übungsschießen als Helfer eingeteilt. Da habe ich die Munition abgezweigt." Diese Antworten waren recht flüssig gekommen. Doch bei der nächsten Frage stockte Kranke.

„Haben Sie mit der Waffe einen Menschen erschossen?" Kranke drehte sich wieder weg.

„Herr Kranke, mein Kollege hat in ihrer Wohnung einen Karton gefunden, in dem sich einige Zeitungsartikel befanden. Wissen Sie, um welche Artikel es sich handelt?" Keine Reaktion. Kranke wusste nicht, wie er sich verhalten sollte. Es kam etwas auf ihn zu, womit er nicht mehr gerechnet hatte. Am liebsten hätte er sich verkrochen. Diesen Eindruck vermittelte er im Moment.

„Herr Kranke, es waren Zeitungsberichte über den Mord an Sandra Töllner. Richtig?"

Kranke nickte leicht, sagte nichts.

„Und Artikel über den Mord an Britta Tengelen. Auch richtig?

Nicken.

Landaus Stimme wurde energischer. „Und dann Artikel über einen Doppelmord im Jahr 1980 im Sachsenwald. Was sagen Sie dazu?"

Kranke starrte gegen die Wand, schwieg. Kratzte sich am Hals. Schweiß lief wieder über die Stirn.

„Die beiden Menschen sind mit einer Walter P1, 9mm, erschossen worden. Herr Kranke, haben Sie die beiden erschossen?"

Erst nach gut drei Minuten des Schweigens bewegte Kranke seinen Kopf und nickte. „Ja, das war ich."

Sein sich anschließendes Geständnis legte er ebenfalls anfangs stockend, dann jedoch einigermaßen flüssig ab, so als wolle er sich durch schnelles Reden von dem schlimmen Inhalt seiner Worte für immer trennen. Es wurde im Laufe seiner Ausführungen sehr deutlich, dass Kranke auch schon bei diesem grausamen Verbrechen eine Art Genuss daran verspürt hatte, seine Opfer in den Tod zu quälen. Er sprach erneut von dem Hochgefühl, das ihn während der Tat beglückt und nach dem er sich immer wieder gesehnt habe, bis es zu den Verbrechen an den beiden Mädchen gekommen sei. Umfassend schilderte er auch die zahlreichen Versuche, ein weiteres Opfer zu finden, so auch der misslungene Versuch in Glücksburg und die ebenfalls nicht vollendete Tat bei Grömitz.

Kranke skizzierte auch seinen Lebenslauf. An seinen Eltern fand er überhaupt nichts Gutes. Ohne emotionale Regungen schilderte er die häufigen Prügelattacken seines Vaters, ohne dass die Mutter eingegriffen hätte, wahrscheinlich deshalb nicht, weil sie selbst dann nicht geschlagen wurde. Den Unfalltod seines Vaters an einem Bahnübergang berichtete Kranke ebenso nüchtern wie die jahrelange Bevormundung durch die selbstsüchtige, strenge Mutter. Ohne Geschwister aufgewachsen, habe er keine Kontakte zu Gleichaltrigen unterhalten dürfen, das habe die Mutter strikt verboten.

Auch als Jugendlicher habe er keine richtigen Freunde oder Freundinnen gehabt. Wenn er nach der Schule etwas später nach Hause gekommen sei, dann habe seine Mutter jedes Mal einen Riesenaufstand gemacht. Einmal habe er ein Schuljahr wiederholen müssen, seinen Hauptschulabschluss gemacht und eine Bäckerlehre begonnen, diese aber nach zwei Jahren geschmissen, weil die Arbeit zu anstrengend gewesen sei. Für acht Jahre sei er bei der Bundeswehr gewesen. Seine beste Zeit, wie er fand. Dort habe er seinen Freund Achim kennengelernt und den Kontakt zu ihm jahrelang aufrechterhalten.

Zögernd sprach Kranke über seine sexuellen Kontakte. Landau hatte ihn darauf angesprochen und bemerkt, dass Kranke irgendwie peinlich berührt auf Claudia blickte. Landau löste die Blockade des Beschuldigten auf, indem er sagte: „Herr Kranke, was glauben Sie, was hier in diesem Raum alles besprochen wird? Für meine Kollegin ist es die alltägliche Aufgabe, das alles zu protokollieren. Das ist ihr Beruf, verstehen Sie?"

„Naja", wand sich Kranke, „mit Achim war ich ein paarmal los und so."

„Was meinen Sie damit?"

„Wir waren im Puff in Hamburg. Eros-Center. Und später bin ich da dann auch alleine hin."

„Hatten Sie mal eine Freundin?"

Bei dieser Frage senkte Kranke den Blick. Er schüttelte den Kopf. „Keine gefunden."

Es war insgesamt die Schilderung eines einsamen Mannes ohne bedeutende soziale Kontakte.

Als es zum Ende der Vernehmung noch einmal darum ging, die Motive für die vier Morde Krankes aufzuhellen, da konnte man die berühmte Stecknadel zu Boden fallen hören, als Landau entsprechende Fragen stellte.

„Was haben Sie gedacht, als Sie das Mädchen allein auf dem Fahrrad gesehen haben? Kein weiterer Mensch weit und breit. Können Sie das sagen?"

Karsten Kranke dachte lange nach, schloss wieder die Augen und brachte sich offensichtlich wieder gedanklich in die damalige Situation. Leise antwortete er. „Dass ich sie gleich ganz für mich hab' und dass ich sie mitnehme und mit ihr das machen kann, was mir so gut tut. Aber ich konnte mich ja auch nicht dagegen wehren, es musste so sein."

„Haben Sie daran gedacht, dass das Mädchen Angst hat, wenn Sie es überfallen und mitnehmen?"

Kranke schüttelte seinen Kopf. „Angst? Nee, hab' ich nicht dran gedacht."

„Hat das Mädchen geschrien?"

„Ja, glaub' ich. Aber dann hab' ich den Mund zugehalten und rein ins Auto. Da war es erstmal ruhig , hat nichts mehr gesagt."

„Aber geweint?"

Nicken.

„Was dachten Sie, als das Kind weinte? Wie fühlten Sie sich dabei? Können Sie das sagen?" Kranke zog beide Schultern hoch, biss sich auf die Unterlippe, kratzte sich am Ohr. „Weiß nicht. Ich musste das doch tun, konnte nicht anders."

So ging es in dem Komplex um die Motive des Mörders eine längere Zeit in der Vernehmung. Für die vollständige Aufklärung der Taten waren die Antworten von besonderer Bedeutung. War Kranke ein Mörder, der aus purer Mordlust gehandelt hatte, um sich selbst durch seine Tat nervlich zu stimulieren? Waren die Taten von besonderer Grausamkeit geprägt, indem Kranke seine Opfer möglichst lange leiden ließ? Landau war klar, diese juristischen Feinheiten mussten jetzt ganz intensiv herausgearbeitet werden. Auch die Frage nach der Schuldfähigkeit Krankes würde sich sehr schnell stellen.

Landau konnte sich noch an einen psychiatrischen Gutachter aus Schleswig erinnern, der vor vielen Jahren mit der Behauptung „Die Tat an sich indiziert das Anormalsein" für öffentliche Diskussionen sorgte und damit nicht ganz daneben lag. Um für die sicher erforderliche Begutachtung Krankes wurden hier in dieser ersten Vernehmung schon Grundlagen gelegt, um für das Gericht nachvollziehbare und überprüfbare Fakten zu schaffen. Auch das war Landau natürlich klar. Deshalb fragte er nach jedem Detail, immer noch einmal, aus verschiedenen Perspektiven.

Für Karsten Kranke war die Vernehmung mit zunehmender Dauer einfach nur noch anstrengend. Wiederholt klagte er, nun doch schon alles mehrfach gesagt zu haben, was das denn noch alles solle. Gegen 19.00 Uhr wollte Kranke nicht mehr weiter aussagen. Erschöpft aber mit einer Portion Patzigkeit stoppte er die weiteren Fragen: „So, ich habe jetzt alles ausgesagt. Es reicht. Ich will nicht mehr."

*

Christian Landau fuhr allein. Er wollte es ihnen noch an diesem Abend persönlich sagen. Es war schon kurz nach acht, als er bei Susanne und Thomas Töllner an die Haustür klopfte. Beide sahen dem Kripo-Mann sofort an, dass etwas Wichtiges geschehen war. „Kann ich reinkommen?", fragte Landau. Er wurde wortlos ins Haus gebeten. Mit ernsten, ja, fast ängstlichen Gesichtern verfolgten die Eltern nun die Nachrichten, die der Mann, den sie nun schon über dreißig Jahre kannten, ihnen brachte. Landau erzählte ausführlich, ließ fast nichts aus. Er betonte, dass die letzte XY-Sendung den Ausschlag gegeben hatte, den Mörder von Sandra zu finden. Die Eltern waren fassungslos, als sie erfuhren, dass ihre Tochter nicht das erste und auch nicht das letzte Opfer des Mörders gewesen war.

Christian Landau wusste genau, dass die Frage kommen würde. Thomas Töllner stellte sie. „Musste Sandra lange leiden?" Der Blick des Ermittlers war wie eine Antwort. Er wollte nicht lügen.

Etwas ausweichend waren seine weiteren Worte. „Die Eltern von Britta Tengelen aus Hildesheim und die Angehörigen der beiden Toten aus dem Sachsenwald werden ähnliche Fragen stellen. Ich hoffe, dass wir alle mehr wissen, wenn der Strafprozess beendet ist."

Als Landau das Ehepaar Töllner eine Stunde später verließ, da kam es ihm so vor, als wenn es die letzten drei Jahrzehnte nicht gegeben hätte. Sandras Eltern waren gefühlsmäßig wieder genau dort, wo die Zeit im August 1987 stehen geblieben war.

Sonnabend, 7. Oktober 2017

Sturmtief Xavier fegte über Norddeutschland und hinterließ große Verwüstungen und auch Tote. Sämtliche Medien berichteten ausführlich über die außer Rand und Band geratene Natur. Eine Meldung ging dabei fast unter:

Mehrfacher Mörder Karsten K. ist tot! Selbstmord!

Nach seiner Festnahme im August war Kranke vom Amtsrichter wegen vierfachen Mordes in Untersuchungshaft und in die JVA Lübeck gebracht worden. Staatsanwalt Lautenberger hatte eine psychiatrische Untersuchung Krankes beantragt. Im vorliegenden Geständnis gab es Hinweise darauf, dass der Beschuldigte möglicherweise psychisch krank war. Diese Untersuchung war noch nicht abgeschlossen, als Kranke sich am Morgen dieses Oktobertages in seiner Zelle an einem zerrissenen Bettlaken erhängte. Kranke war allein in seiner Zelle gewesen, weil sein Zellennachbar einen Termin in der Krankenstation beim Anstaltsarzt hatte. Ein Justizvollzugsbeamter hatte Kranke bei der routinemäßigen Zellenkontrolle gefunden. Es hatte keinerlei Hinweise darauf gegeben, dass der Häftling Kranke sich das Leben nehmen würde. Einen Abschiedsbrief hatte er nicht geschrieben.

*

Christian Landau fuhr noch am selben Tag nach Bansdorf. Sandras Eltern hatten die Nachricht vom Freitod des Mörders Kranke bereits im Radio gehört, als er auf dem Hof ankam. „Nun stiehlt er sich aus seiner Verantwortung. Ich hätte ihm viele, viele Jahre im Gefängnis gewünscht", kommentierte Susanne Töllner den Selbstmord. In dem sich anschließenden langen und intensiven Gespräch mit Landau erwähnten beide Eltern den Mörder mit keinem weiteren Wort. Sie erzählten ausführlich von ihren Erinnerungen an

Sandra. Christian Landau musste an dem Abend erneut feststellen, dass für Thomas und Susanne alles noch so gegenwärtig war, als wäre es gerade erst geschehen.